BASTEI
LÜBBE

Aus der Taschenbuchserie JOHN SINCLAIR von Jason Dark sind nachstehende Romane erhältlich. Fragen Sie im Buch- oder Zeitschriftenhandel nach diesen Titeln:

GEISTERJÄGER

JOHN SINCLAIR

Jason Dark

NECROMAN

Horror-Roman

BASTEI LÜBBE

BASTEI-LÜBBE-TASCHENBUCH
Band 73 196

Erste Auflage: August 1997

Lektorat: Hans-Ulrich Steffan
Titelbild: Koveck/Norma Agency, Barcelona
Umschlaggestaltung: Quadro Grafik, Bensberg
Satz: Fotosatz W. Steckstor, Rösrath
Druck und Verarbeitung: Clausen & Bosse, Leck
Printed in Germany

ISBN 3-404-73196-4

Zuerst waren es nur die Wolken, die über den sturmgepeitschten Himmel trieben. Unheimliche und dunkle Gebilde. Manche riesengroß wie überdimensionale Häuser. Andere wiederum glichen mächtigen Klumpen, die ab und zu ihre Form verloren, wenn der Wind zu hart in sie hineinschlug.

Sie vermehrten sich. Aus einer bestimmten Richtung wehten sie herbei, denn sie wurden erst zu diesem mächtigen und bedrohlichen Riesen, wenn der Wind den Staub, den er aus einer unheilvollen Tiefe geholt hatte, auf dem Firmament verteilte.

Kein Sternenschimmer durchbrach diese bedrohliche Düsternis. Kein Mondstrahl schickte seine bläuliche Blässe aus. Der Himmel blieb wie eine riesige düstere Welt für sich und wartete auf weiteren Nachschub, der ständig herangetragen wurde und immer neue Figuren schuf.

Es war grauenhaft, denn der Wind blieb nicht stumm.

Er heulte und pfiff, er produzierte Töne, die auch von einer überdimensionalen Knochenflöte hätten stammen können, auf der ein Riese spielte.

Es brodelte. Es donnerte in der Ferne. Blitze zuckten auf und ließen die Macht der Urgewalten ahnen. Sie stanzten Lücken in die Wolkenformationen, schufen wieder neue Gebilde, und der Wind packte und riß sie mit sich.

Das Spiel dauerte. Aus der Tiefe kam immer mehr Nachschub, und die größte aller Wolken raste explosionsartig in die hüllenlose Schwärze hinein, bis sie einen bestimmten Punkt erreicht hatte, wo sie plötzlich zerrissen wurde.

Die Teile flogen auseinander, zerfaserten.

Andere blieben, drehten sich im Kreis, und aus dem Dunkel entstand eine neue Gestalt.

Schwarz und bleich zugleich, denn unter der Schwärze leuchtete das fahle Gelb der alten Knochen.

Ein Skelett war geboren. Riesig groß und mit einer Sense bewaffnet.

Es war der Necroman!

Tim Baker schlief, und Tim Baker träumte. Er schlief unruhig, denn sein Traum war schlimm. Wie schon so oft war er hineingeworfen worden, ohne es selbst lenken zu können, und er durchlebte den Schrecken dieser anderen Welt.

Ready für Freddy ...

So hatte er auch noch vor kurzem dem Freddy-Krueger-Kult gefrönt. Hatte davon geträumt – wie die Jugendlichen in einem dieser Filme in Freddys Alptraumwelt hineingezerrt zu werden, aber das war ihm nie gelungen. Erst in den letzten Wochen hatten ihn die Träume eingeholt und ihn hineingeschafft in eine fürchterliche Welt.

Tim war einfach hineingefallen.

Kurz nach dem Einschlafen hatte er sich immer in einer wundervollen Umgebung gesehen. Er war durch einen langen, hell erleuchteten Flur gelaufen, und er hatte am Ende des Flurs seine Freunde gesehen, die auf ihn warteten und ihm zuwinkten.

Er lief schneller, immer schneller, war auch sicher, sie zu erreichen und den einen oder anderen in die Arme zu schließen, dann aber war es passiert.

Kurz vor dem Ziel hatten sich die Gestalten seiner Freunde aufgelöst. Sie waren regelrecht verpufft und hatten Tim Baker im Stich gelassen. Wo er sie gesehen hatte, gab es nichts mehr, abgesehen von einem gewaltigen Loch in der Wand, aus dem ihm eine Eiseskälte entgegenwehte und er auch die schrecklichen Geräusche des heulenden und pfeifenden Windes hörte. Er konnte nur immer kurz in die andere Welt hineinschauen, wo er die dunklen Wolken in einer noch dunkleren Umgebung sah, und die Furcht plötzlich wie Schlamm in ihm hochstieg, ihn lähmte, so daß der aus dem Loch dringende Sog alle Chancen hatte.

Zuerst kippte Tims Körper nach vorn. Dann zerrte jemand an seinen Beinen, so daß er den Kontakt mit dem Erdboden verlor und waagerecht in der Luft lag.

Auch das dauerte nur einen kurzen Moment, denn der Sog verstärkte sich und schien aus unzähligen kleinen Armen zu bestehen, die seinen gesamten Körper umklammerten. Es gab keine Stelle, die nicht von ihnen zusammengepreßt wurde, selbst der Hals war von einem dieser widerlichen Tentakel umschlungen.

Tim fiel.

Er hörte sich immer lauter schreien, als ihn der Sog in die Dunkelheit hineinzerrte, um ihn wenig später in die Wolken zu stoßen. Da schrie er auch noch, obwohl sein Hals umklammert war, und er brüllte in das gewaltige Tosen hinein, in dem seine Stimme allerdings unterging, obwohl ihn die Angst fast umbrachte.

Der Himmel schluckte ihn. Die Wolken waren wie Mäuler. Sie schnappten nach ihm, sie spielten mit ihm, und er trieb wie ein loses Blatt im Herbstwind durch diese schreckliche Welt.

Sein Körper war zu einem Spielball geworden. Er drehte sich in der Luft. Er bekam die schwungvollen Stöße, die ihn schräg in die Höhe bliesen, hinein in die Wolken, die Tim durchglitt. Immer höher und höher. Ohne je ein Ende finden zu können, raste er dem Himmel entgegen.

Tim Baker schrie noch immer. Diesmal nicht so sehr

aus Angst. Er fühlte sich so schrecklich allein auf dem Weg ins Ungewisse. Niemand war da, der ihm half. Niemand würde ihm in dieser furchtbaren Welt zur Seite stehen, in der es nur Feinde gab.

Einer wartete auf ihn.

Tim wußte das.

Im Traum erlebte er diesen schrecklichen Horror. Er durchlitt jede Phase seines Flugs. Der Himmel mit all seinen dichten und düsteren Wolken griff nach ihm, trug ihn weiter, immer näher und näher dem Ziel entgegen, das hinter einer mächtigen schwarzen Wolke verborgen lag, in dem sich ein riesiger Strudel rasend schnell drehte.

Tim wollte ihm ausweichen. Er wollte es immer, wenn es in seinen Träumen erschien.

Nie hatte er es geschafft. Auch heute nicht. Da waren die anderen Kräfte stärker, da jagte er wieder hinein, denn diese schwarze Hölle wartete auf ihn.

Sein Gesicht verzerrte sich in einer schon vorauseilenden Angst, denn er wußte genau, was auf ihn zukam.

Die Wolke war dicht, zu dicht. Er konnte nichts sehen, aber sie riß plötzlich auf. Rechts und links des Körpers waren die ersten blassen Schatten zu sehen. Die Lücken schienen mit einem bläulichweißen Licht gefüllt zu sein, das immer wieder flackerte, mal stärker und mal schwächer war. Die Schwärze war auf dem Rückzug, und auf einmal war sie weg, als hätten Hände sie zerdrückt.

Tim hatte freie Sicht. Endlich.

Er schaute hinein in den Himmel, der ebenfalls schwarz war. Allerdings anders. Dichter und fetter, ein widerliches Schwarz, schon vergleichbar mit einer Mauer.

Aber sie bestand nicht aus Stein, und sie entließ

eine fürchterliche Gestalt. Der fünfzehnjährige Träumer hörte sie schreien. Seine Stimme kippte über, denn die unheimliche Gestalt, die da auf ihn zuraste, als säße sie auf einem Surfbrett, war Necroman, der Menschensauger.

Tim wartete auf ihn.

Er glitt ihm entgegen. Und er stand wirklich auf den Wolkenfetzen wie andere auf einem Surfbrett. Seine schreckliche Sense hatte er hoch über den Kopf gehoben, das gelbe Gebein schimmerte unter der Kutte, die der Wind geöffnet hatte, und seine Knochenhände hielten den langen Griff der Sense hart umklammert.

Dunkelgraue bis schwarze Wolkenfetzen trieben an ihm vorbei, als er auf den Jungen zusurfte. Ein Ruck ging durch die schreckliche Gestalt, denn sie drückte sich aus ihrer knienden Position in die Höhe, streckte die Arme und schwang seine Sense.

Tim schrie.

Die Sense fegte mit einem heulenden Pfeifton durch die Luft, und das scharfe Blatt würde seinen Weg kreuzen.

Der Schlag!

Tim Baker verlor seinen Kopf!

Obwohl Tim keine Augen mehr hatte, denn der Kopf war durch die Wucht in die Höhe geschleudert worden und schwebte jetzt über ihm, sah sich Tim selbst. Sein entstelltes Gesicht konnte Tim nicht lange betrachten, denn plötzlich brachen Blutströme aus den Augen hervor und strömten wie Wasserfälle nach draußen.

Dann zerplatzte der Kopf in einer sprühenden Wolke aus Blut, Gehirn und Knochen. Begleitet vom schaurigen und gellenden Lachen Necromans. Es war so laut, daß Tim Baker dadurch wach wurde . . .

Schweißgebadet blieb der fünfzehnjährige Junge in seinem Bett liegen, hielt die Augen krampfhaft offen und starrte auf das, was über ihm schwebte. Es waren keine düsteren Wolken mehr, keine unheimlichen Gebilde und kein schwarzer, zäher Schlamm, aus dem sich irgendwann eine Gestalt hervorschälte, um mit der Sense den Jungen zu enthaupten. Es war eine Decke, und sie gehörte zu Tims Zimmer, zu seinem eigenen kleinen Reich.

Tim atmete nicht, er keuchte. Aus seiner Kehle drangen die ächzenden Laute hervor. Auf der Zunge lag ein bitterer Geschmack, und auch mit dem ihn umgebenden Geruch wurde er nicht fertig. Aber die Erinnerung an den Traum war schlimmer als die Realität, denn Tim konnte sich einfach nicht davon lösen.

Das kannte er. Fast in jeder Nacht erlebte und durchlitt er den gleichen Horror, und jedesmal erwachte er schweißgebadet. Zudem erlebte er seinen eigenen Herzschlag wie ein gewaltiges Pumpwerk.

Die Luft wurde ihm knapp. Jedenfalls hatte er Mühe mit der Atmung.

Nach dem Alptraum dauerte es immer eine Weile, bis er normal empfinden konnte, aber so brutal wie in dieser Nacht hatte er den Ausflug in die Alptraumwelten noch nie erlebt. Er hatte wirklich das Gefühl gehabt, als wäre ihm durch das Sensenblatt der Kopf abgetrennt worden, und seine zitternden Finger fuhren an der Brust entlang in die Höhe, um sich zu vergewissern, daß er wirklich noch einen Kopf hatte. So stark hatte ihn der Traum mitgenommen.

Tim ließ seine Hand dicht unter dem Kinn auf der Brust liegen und bewegte sich zunächst nicht. Seine weit geöffneten Augen starrten die Decke an, die sich zum Glück nicht in ein Meer aus schwarzen Wolken verwandelte.

Er mußte warten. Es würden noch Minuten vergehen, bis er sich wieder zurechtfand. Dann würde er aufstehen und einen Schluck Wasser trinken. Danach würde er das Licht einschalten und sich in seinem kleinen Reich umschauen.

Das brauchte Tim einfach, denn er wollte sehen, daß sich in seiner Umgebung nichts verändert hatte und tatsächlich alles nur ein schrecklicher Traum gewesen war.

Noch ließ er alles dunkel. Das gräuliche Viereck, hinter dem die kalte Winternacht lauerte, war das Fenster. Der Schnee brachte etwas Helligkeit.

Vor dem Fenster stand sein überladener Schreibtisch. Der PC hatte darauf seinen Platz gefunden. Die Maus hatte er mit einem grünen Leuchtstreifen beklebt, so daß sie immer gut zu sehen war. Videospiele stapelten sich, Blätter und Kugelschreiber ebenso und ein Bild, wo er zu sehen war, wie er eine Ehrenurkunde beim Sport entgegennahm. Das war alles so wunderbar normal. Wie auch das helle Regal, der schmale Kleiderschrank und natürlich die Glotze, deren Bildschirm vom Bett aus ebenfalls zu sehen war.

Nahe der Tür war es am dunkelsten. Dort hatten sich dann die Schatten gesammelt, und darin hob sich ein kantiger Umriß ab. Er war vergleichbar mit dem einer großen Kiste oder Truhe, aber das war sie nicht, denn genau dort stand etwas Besonderes. Sein liebstes Spielzeug.

Andere sammelten Autos, Kronkorken oder Aufkleber. Er sammelte eben Puppen oder Figuren aus einem bestimmten Genre.

Der Junge blieb noch liegen, allerdings hatte er den Kopf jetzt so gedreht, daß er auf die Kiste schauen konnte. Er nahm sie nur als Einheit wahr, dennoch spürte er bei dem Gedanken an seine Sammlerstücke ein ungewöhnliches Kribbeln auf der Haut. Er wollte selbst nicht von einer Angst oder Furcht sprechen, eher von einem komischen Gefühl, und es ärgerte ihn auch, daß sich der Herzschlag noch immer nicht normalisiert hatte.

Dieser Traum hing ihm schon nach.

Er war wirklich schlimm gewesen und zugleich so überdeutlich und wahrhaftig.

Tim Baker richtete sich auf und drückte die Decke zur Seite. Im Zimmer war es warm. Obwohl er sonst nie in einem warmen Raum schlief, war es bei dieser schon extremen Kälte doch besser, wenn die Heizung lief. Außerdem isolierten die Mauern nicht besonders.

Der graue Schlafanzug mit der roten Halskrause klebte noch an seinem Körper. Tim war verschwitzt und wäre am liebsten unter die Dusche gegangen, aber nicht um halb eins, denn so spät war es mittlerweile geworden.

Erst langsam gewöhnte sich der Junge daran, daß der Traum für ihn vorbei war. Aber nicht richtig, denn in seinen Gedanken arbeitete er ihn noch immer auf. Diese schlimme Düsternis und auch die unheimliche Gestalt wollten ihm nicht aus den Kopf. So intensiv hatte er den Traum niemals zuvor erlebt. Als wäre mit ihm oder durch ihn für Tim eine neue Ära eingeläutet worden.

Aber es war alles normal geblieben. Nichts hatte sich in seinem Zimmer verändert, und so war es eigentlich nur die Erinnerung, die ihn störte.

Oder war da noch was anderes? Ja, er nahm wieder diesen fremden Geruch wahr.

Tim blieb weiterhin auf dem Bett sitzen und dachte über den Geruch nach. Natürlich war er fremd, und natürlich paßte er nicht in dieses Zimmer. Er kam auch nicht von draußen, das Fenster war ja geschlossen. Er mußte aus einer Quelle hier im Zimmer stammen.

Tim forschte weiter. Sein Gesicht war angespannt. Nur die schnüffelnden Geräusche waren zu hören. Etwas verwundert drehte er den Kopf. Er wollte herausfinden, woher der Geruch stammte. Es war nicht möglich, denn er war überall. Oben, unten, rechts und links. Und er mußte in den letzten Sekunden zugenommen haben, denn dermaßen intensiv hatte er ihn noch nie zuvor wahrgenommen.

Ohne Quelle kein Geruch.

So ging Tim seine Überlegungen an, schob sie aber beiseite, weil er herausfinden wollte, wonach es eigentlich stank. Normal jedenfalls war der Geruch nicht, das wußte er. Aber er war ihm auch nicht unbekannt. In einer nicht so starken Konzentration hatte er ihn bereits wahrgenommen.

Der entstand immer dann, wenn Fleisch verfaulte, eine tote Ratte im Keller lag oder . . .

Er war plötzlich aufgeregt. Sein Herz schlug schneller. Er wußte Bescheid, und trotzdem wollte er es nicht wahrhaben, weil es einfach keinen Grund für diesen Geruch zu geben schien.

Und doch blieb er.

Tim stöhnte plötzlich auf, denn jetzt hatte er genau herausgefunden, wonach es stank.

Nach Moder!

Auch weiterhin blieb der Junge sitzen, ohne sich zu rühren. Er verkrampfte sich innerlich und schüttelte nach einer Weile den Kopf, dabei preßte er seine Hände gegen den Leib, als sei ihm plötzlich übel geworden. Für ihn gab es einfach keine logische Erklärung.

Aber den Gestank bildete er sich nicht ein. Süßlich roch es, aber auch streng. Die einzelnen Nuancen fand er nicht heraus. Und so entschied sich Tim für den Ausdruck widerlich, und er fragte sich plötzlich, ob der Geruch etwas mit seinem schrecklichen Traum zu tun hatte.

Das war für ihn zwar unlogisch, aber seinen Traum empfand er ebenfalls nicht als logisch.

Starr hockte er im Bett. Die Müdigkeit war verflogen. Dieser Traum und jetzt der Gestank würden auch weiterhin dafür sorgen, daß er nicht wieder einschlafen konnte.

Tim war neugierig geworden. Er wollte der Quelle des Gestanks auf den Grund gehen und wuchtete seinen Körper nach rechts, um das Bett zu verlassen.

Dabei streckte er den Arm aus und drückte auf den kleinen Knopf am Fuß der Leuchte. Sie stand auf seinem Nachttisch, direkt neben dem Wecker.

Dann stand der Junge auf, schlüpfte barfuß in die Pantoffeln, reckte sich, sah den Schatten, den sein Körper warf, ging die ersten Schritte, um herauszufinden, woher der Gestank genau kam.

In der Nähe des Schreibtisches roch es weniger intensiv.

Tim Baker drehte sich wieder um. Er schaute jetzt auf die Tür. Die Innenseite war mit dem Plakat eines Gruselfilms dekoriert. Es zeigte Freddy Krueger, den Kinderjäger, in einer überheblichen Pose, und er winkte dem Betrachter dabei mit seinen Stahlfingern zu, während er selbst breit grinste.

Tim mochte das Plakat, sonst hätte er es nicht aufgehängt. In diesem Augenblick allerdings haßte er es, und er hätte es am liebsten von der Wand gerissen und in den Müll gestopft.

Der Junge mußte den Tatsachen ins Auge sehen.

Der Geruch nahm dort zu, wo auch das Plakat hing. Stank es etwa? War Freddys Moder aus dem Papier herausgelaufen?

Das war unmöglich, und er wußte es auch. Trotzdem ging er auf das Plakat zu, blieb davor stehen und konzentrierte sich auf den Gestank.

Tim zitterte. Er wollte nicht einmal lachen oder lächeln. Wieder krallte eine besondere Kraft sein Herz zusammen. Eine ungewöhnliche Angst, die aus zahlreichen Armen zu bestehen schien. Sein Blick blieb auf der seltsamen Kiste oder Truhe haften. Doch jetzt, wo der Restlichtschein auch bis in die unmittelbare Nähe der Tür floß, war deutlich zu sehen, daß zwar dort ein kistenähnlicher Gegenstand seinen Platz gefunden hatte. Aber es handelte sich nicht um eine Kiste oder eine Truhe, sondern um eine Puppenstube.

Zumindest sah das Ding so aus. Es war vorn offen, damit die Puppen, Figuren oder Gegenstände ohne Schwierigkeiten hineingestellt werden konnten.

Mädchen spielten mit Puppenstuben. Zwar nicht mehr so häufig wie früher, aber es gab sie noch.

Aus dieser Puppenstube jedenfalls wehte ihm der widerliche Gestank entgegen.

Er war jetzt so intensiv, daß Tim den Atem anhalten mußte. Er konnte sich den Gestank nicht erklären, würde ihn auch nicht mehr lange ertragen können, aber fliehen wollte Tim nicht vor ihm.

Ich brauche Licht, dachte er. Es ist zu dunkel hier. Zum Glück hatte er eine Beleuchtung in seine Puppenstube eingebaut. Das hatte ihn zwar Mühe und Arbeit gekostet, aber es hatte sich gelohnt. Den Schalter fand er an der Rückseite. Um ihn zu erreichen, mußte er sich bücken, tastete sich an dieser harten Holzwand entlang, fand den Schalter sehr schnell und preßte den rechten Daumen auf den Knopf, wobei er versuchte, den Atem anzuhalten oder nur durch die Nase Luft zu holen.

In der nach vorn offenen Kiste wurde es hell. Zwei Lampen gaben von verschiedenen Seiten Licht ab. Den Jungen hätte es nicht gewundert, einen nebelhaften, stinkenden Schleier durch das Licht treiben zu sehen, aber das war nicht der Fall. Das Licht blieb normal und beleuchtete die Gegenstände, die der Junge in diese Kiste gestellt hatte.

Tim kniete sich hin, um in sein kleines Reich hineinschauen zu können. Darin befanden sich seine ›Puppen‹ Nur waren es keine Puppen, sondern Monster.

Und in der Mitte, beinahe wie ein Herrscher auf seinem Thron, hockte ein bestimmtes Monstrum.

Necroman!

Da an den Straßenrändern Schneehaufen lagen, war es für die Autofahrer noch schwieriger, in der Millionenstadt London einen Parkplatz zu finden, und zu diesen Menschen gehörten auch Glenda Perkins und ich.

Die Hauptstraßen und meist verstopften Verkehrsadern waren vom Schnee befreit worden, nicht aber die Seitenstraßen, denn dort lag das Zeug noch herum und hatte inzwischen eine sehr unschöne Farbe bekommen. Ein altes Grau. Dreck und Staub klebten darauf, waren festgefroren, und erst höhere Temperaturen würden das Zeug zum Schmelzen bringen. Auf den Matsch ›freute‹ ich mich schon jetzt.

Unser Ziel lag in einer dieser Seitenstraßen, und so suchte ich nach einem Parkplatz, um den Rover abstellen zu können. Im Schrittempo rollte ich an der grauen Böschung entlang, ohne jedoch eine Lücke zu finden.

»Wir hätten doch die U-Bahn nehmen sollen«, sagte Glenda.

Ich hob nur die Schultern.

»Nicht?« fragte sie.

»Sollen wir wieder zurück zum Yard fahren und uns in die U-Bahn setzen?«

»Nein.«

»Dann suchen wir eben weiter.«

Diesmal hatten wir kein Glück. Wir waren an dem schmalen Haus bereits vorbeigefahren, in das wir hinein mußten, und dann hatten wir tatsächlich Glück.

Nein, es stieg kein Fahrer in sein Auto, um es aus der Parklücke zu rangieren, etwas anderes trat ein. Wir sahen einen der berühmten Londoner Polizisten, einen Bobby. Der Mann trug einen langen Wintermantel und hatte den Kragen hochgestellt, um die Lücke zum Helm zu schließen.

Der Bobby kam uns entgegen. Ich ließ das Fenster nach unten fahren und merkte erst jetzt, wie kalt es geworden war.

Der Bobby hatte uns gesehen. Als ich gestoppt hatte, stampfte er durch eine Lücke auf den Rover zu. Seine Füße zerdrückten dabei den Schnee. Wir hörten die knirschenden Geräusche und sahen auch die Atemfahne des Kollegen, als er sich zum Fenster bückte. Er tippte grüßend gegen seinen Helm und erkundigte sich freundlich, ob er uns behilflich sein könne.

»Wir suchen einen Parkplatz«, sagte ich.

Dem Bobby klappte beinahe die Kinnlade nach unten. Mit einem derartigen Wunsch war wohl noch niemand an ihn herangetreten. »Ähm – wie bitte?« fragte er.

»Wir suchen einen Parkplatz. Nicht für lange, aber wir brauchen einen.«

Der Mann hatte Humor. Zumindest lachte er. »Soll ich einen Wagen wegtragen?«

»Nein, das nicht, aber ich möchte meinen gern auf dem Gehsteig parken. Oder zumindest halb.«

Der Polizist holte tief Luft. Ich ahnte, daß er zu einer harschen Kritik ansetzen würde, bevor er allerdings das erste Wort herausbrachte, hielt ich ihm bereits meinen Ausweis entgegen.

Er starrte ihn an. Nun klappte sein Mund zu. »Aha, Scotland Yard also.«

»Sehr richtig.« Ich lächelte ihn freundlich an. »Und wir sind dienstlich unterwegs.«

»Wo wollen Sie denn hin?«

»Zu Marty Lambert.«

Der Bobby nickte. »Das ist der Trödler.« Er bewies durch diese Antwort, daß er sich auskannte. »Ich habe schon immer vermutet, daß er etwas ausgefressen hat und . . .«

»Das steht nicht fest«, unterbrach ich ihn. »Und wir glauben es auch nicht. Wir wollen ihm einen Besuch abstatten, weil er uns darum gebeten hat.«

»Gut, machen Sie das.« Er strich über seinen kalten Helm. »Wenn Sie ein Stück zurückfahren, können Sie den Wagen neben dem Laden abstellen, auch wenn dort alles vollsteht. Parken Sie in der zweiten Reihe. Sollte einer der anderen hinausfahren wollen, sage ich Ihnen Bescheid.«

»Sie sind ein Engel, Mister!« sagte Glenda und lächelte den Uniformierten honigsüß an, so daß dieser einen roten Kopf bekam.

»Das ist doch ein Vorschlag«, sagte ich. Die Scheibe fuhr wieder in die Höhe, und wir rollten zurück. Der Bobby folgte uns.

Mit der Hand gab er das Stoppzeichen, nachdem ich mich auch richtete.

»Sind Sie jetzt zufrieden, Miss Perkins?« fragte ich spöttisch.

»Sehr sogar. Wozu ein Ausweis von Scotland Yard nicht alles gut ist, mein Lieber.«

»Genau.«

Wir stiegen aus und sahen, daß der uniformierte Kollege bereits an der Ladentür wartete. Wie gesagt, es war sehr kalt, das spürten wir auch, und die anderen Menschen, die hier lebten, hielten sich ebenfalls zurück. Auf der Straße zeigte sich kaum jemand, und die Läden, die sonst mit offenen Türen zum Betreten einluden, hatten aus Energiegründen die Türen geschlossen.

Der Geruch verbrannter Kohle drang in unsere Nasen. Hier waren noch nicht alle Häuser mit Zentralheizungen ausgerüstet. In vielen Altbauwohnungen standen noch Kohleöfen.

Ich wollte Glenda durch den schmutzigen Schnee helfen, aber sie schüttelte den Kopf. »Das kann ich selbst.«

»Wie du willst. Schließlich trägst du die Schuld daran, daß wir hier durch die Kälte laufen.«

»Du ebenfalls.«

»Wieso?« fragte Glenda.

»Du hättest ja im Büro bleiben können.«

»Ja, im Prinzip schon. Nur spielt sich unser Dienst zum Glück auch oft im Freien ab.«

»Jetzt redest du wie ein Beamter.«

»Ich *bin* Beamtin.«

»So!« sprach uns der Bobby wieder an. »Geben Sie acht, wenn Sie die Treppe hinunterlaufen, die Stufen sind oft glatt.«

Ich klopfte ihm auf die Schulter. »Danke für den Rat.« Dann ging ich vor und näherte mich der Außentreppe, deren Stufen vor der Ladentür endeten. Das

Geschäft lag im Souterrain, also tiefer als das Straßenniveau.

Die Stufen waren wirklich glatt. Zum Glück konnten wir uns an einem Geländer festhalten.

Daß wir hier herumturnten, lag an Marty Lamberts Anruf. Er hatte mit mir sprechen wollen, ich aber war zu dem Zeitpunkt nicht im Büro gewesen, mein Freund Suko ebenfalls nicht. So hatte Glenda den Anruf entgegengenommen und diesen spätmorgendlichen Termin am folgenden Tag vereinbart.

Das war dem Mann nicht recht gewesen. Er hatte dringend auf unser Kommen bestanden und hatte dabei gesprochen wie jemand, der sich vor einer bestimmten Sache fürchtete. So jedenfalls hatte es mir Glenda berichtet, und ich glaubte ihr. Dann hatte sie darauf bestanden, mitzukommen, weil das Treffen ja über sie zustande gekommen war. Außerdem hatte sie mal raus aus dem Büro und weg von der Kaffeemaschine gewollt.

Der Laden hatte sogar ein Schaufenster. Es befand sich auf halber Höhe der Treppe an der rechten Seite. In den unteren Ecken der Scheibe schimmerten Eisblumen, aber sonst konnten wir in den Laden hineinschauen und entdeckten den zahlreichen Krempel. Die Auslage war vollgestellt mit alten Bilderrahmen, Töpfen, Tiegeln, Fellen und anderen Angeboten.

»Nicht vor Mitternacht füttern oder so ähnlich«, murmelte Glenda hinter mir.

»Was hast du gesagt?«

»Vergiß es, John. Ich dachte gerade an die Gremlins.«

»Aha. Rechnest du damit, daß Lambert sie gesammelt hat?«

»Weiß ich doch nicht.« Sie stieß mich an. »Geh weiter, ich will wieder ins Warme.«

»Du darfst dich doch nicht beklagen. Hast eine dicke Jacke an, die zudem noch gefüttert ist.« Ich ließ den Rest der Stufen hinter mir und blieb vor der dunklen, meiner Ansicht nach etwas schief hängenden Ladentür stehen.

Nicht zum erstenmal besuchte ich ein derartiges Geschäft. Schon des öfteren hatte ich mit Trödlern zu tun gehabt, und nicht alle Besuche bei ihnen waren glimpflich verlaufen. Da hatte ich schon manchen Streß bekommen, und auch jetzt fühlte ich mich nicht eben fröhlich. Die Tür ließ keinen Blick in das Innere zu, außerdem war die Milchglasscheibe noch mit einem Gitter gesichert.

Gesehen hatte uns dieser Lambert noch nicht. Kein Wunder in seiner vollgestopften Bude. Eine Schelle entdeckte ich auch nicht, und so blieb nur die Klinke übrig, die ich drückte und dabei die Tür nach innen bewegte.

Über unseren Köpfen hörten wir das Bimmeln einer alten Glocke. Ich zog den Kopf ein, um nicht über den Querbalken zu streifen, und betrat als erster den Laden, wobei mir sofort der ungewöhnliche Geruch auffiel. Es roch nicht nach altem Plunder, sondern nach Gewürzen, die Lambert ebenfalls verkaufte. Nicht weit von der Tür entfernt und hinter einer Kassentheke stand ein mit Gewürzen gefülltes Regal. In kleinen Säcken standen die Kostbarkeiten, und so konnte jedes Gewürz seinen typischen Geruch freisetzen, was sich dann zu einem für uns nicht eben angenehmen Konglomerat vermischte.

Glenda war neben mich getreten. Sie hatte die Augenbrauen in die Höhe gezogen und schaute sich um. Es war ein düsterer Ort, auch bedingt durch seine tiefe Lage. Eine niedrige Decke, dafür relativ hohe Regale oder kleine Kommoden, wo all der Plunder lag, den Lambert anbot. Auch alte Klamotten hingen an einem Ständer. Muffig riechende Pelze, getragene Stiefel oder Schuhe. Tücher, Mäntel, Kleider, Hosen ... Zwei alte Radios standen auf einer Kommode neben mehreren Uhren. Sogar einen künstlichen Weihnachtsbaum konnte man hier erwerben.

Wir sahen viel, nur den Besitzer des Ladens, der angerufen hatte, entdeckten wir nicht.

»Dabei wollte er warten«, sagte Glenda, die sich mit dem gleichen Gedanken beschäftigt hatte wie ich.

»Vielleicht ist er nur mal kurz weg.«

Fast verächtlich schaute sie mich an. »Dann hätte er den Laden doch abgeschlossen.

»Stimmt auch wieder.«

Wir warteten noch etwa zehn Sekunden ab, aber es tat sich nichts. In unserer Umgebung blieb es still, und Glenda hob schließlich die Schultern. »Entweder gehen wir jetzt, oder wir schauen uns hier um. Vielleicht gibt es ja noch ein Büro.«

»Das bestimmt.«

Nach vorn hin verengte sich der Laden. Dort war es auch dunkler. Die ausgestellten Gegenstände verschwammen zu einer Soße. Diesmal hatte Glenda die Führung übernommen. Ich wußte genau, daß sie sich ärgerte, denn dieser Besuch war gewissermaßen auf ihrem Mist gewachsen. Wenn wir keinen Erfolg erzielten, war es vertane Zeit, und so etwas mochten weder Glenda noch ich.

Die Decke über unseren Köpfen blieb nicht gleich. Sie drückte sich nach unten, so daß wir die Köpfe einziehen mußten. Im Hintergrund des Ladens hatte der Besitzer sein Spielzeug ausgestellt, was man auch relativ sehen mußte, denn normales Spielzeug war es nicht, sondern alter Trödel, Puppen, Teddys und andere Plüschtiere. Aber auch Figuren und schlichte

Marionetten aus Holz. Dazwischen lagen Puppen aus Kunststoff, und in einer Ecke häuften sich die Gestalten aus dem Reich des Schreckens.

Monster, Vampire und Werwölfe aus Kunststoff oder Pappe hatten hier ihre Plätze gefunden und glotzten den Besucher an. Dann sahen wir eine Puppenstube mit kleinen Figuren, aber den Besitzer selbst entdeckten wir nicht.

»Der scheint wirklich nicht im Laden zu sein«, meinte Glenda und zog dabei ein ärgerliches Gesicht.

Ich schob mich an ihr vorbei und auf einen Vorhang zu, der sicherlich nicht unmotiviert hier hing. »Wir warten besser noch«, sagte ich, faßte die Falte an der linken Seite des Vorhangs an und zog ihn zur Seite.

Die Holzringe rutschten über die Stange hinweg, und wir hatten einen freien Blick in eine Kammer, denn mehr war dieses Büro wirklich nicht.

»Das kenne ich doch«, murmelte ich.

»Wieso? Warst du schon mal hier?«

»Nein, aber ich kenne ähnliche Läden.«

»Da hast du dann den Besitzer im Büro gesehen.«

»Ja, manchmal sogar tot.«

Glenda schwieg. Sie wartete darauf, daß ich den Vorhang noch weiter zur Seite zog, was ich auch tat, so daß wir jetzt voll und ganz in das Büro hineinschauen konnten.

Der Schreibtisch war da. Licht gab es nicht. Wir sahen deshalb auch nur den Umriß. Glenda suchte bereits nach dem Schalter. Sie fand ihn auch. Es knackte, als sie ihn drehte. Unter der Decke wurde die alte Schalenlampe hell.

Wir sahen alles, aber beide konzentrierten wir uns nur auf den älteren Mann, der quer auf seinem Schreibtisch lag und schrecklich zugerichtet war . . .

»Allmächtiger«, flüsterte Glenda und klammerte sich an meinem linken Arm fest. Ich spürte, daß sie leicht schwankte.

Das Bild war wirklich nichts für schwache Nerven, und auch ich mußte schlucken. Eigentlich hätten wir das Blut riechen müssen, denn es war aus einer schrecklichen Brustwunde ausgetreten. Eine Waffe hatte den Körper regelrecht aufgeschlitzt, und aus dieser großen Wunde war das Blut geflossen. Wir hatten es nicht wahrgenommen, weil der Geruch der Gewürze noch immer überwog, so waren wir ohne Vorwarnung mit dieser schrecklichen Szene konfrontiert worden.

Dem Gesicht des toten Marty Lambert war nichts geschehen, abgesehen von einigen Blutspritzern, die auf der blassen Haut klebten. Lambert war schon älter. Er trug eine dunkle Hose, einen braunen Pullover und hatte einen Kopf, der einer Kugel glich. Auch deshalb, weil auf ihm kein einziges Haar wuchs. Die Augen waren gebrochen, ohne Leben.

»Wer hat das nur getan?« fragte Glenda leise.

Ich hob die Schultern.

»Und mit welcher Waffe ist der Mann getötet worden, John? Sicherlich nicht mit einem Küchenmesser.«

»Davon kannst du ausgehen.«

Glenda wischte über ihre Stirn. Sie schaute zur Seite, verständlich, denn dieser Anblick war nicht eben angenehm. Auch ich hätte am liebsten weggeschaut, aber ich mußte mich um den Toten kümmern, bevor noch die Kollegen der Mordkommission hier erschienen und ihre Untersuchungen aufnahmen.

»Tu mir einen Gefallen, Glenda. Geh bitte zurück und alarmiere die Mordkommission.«

»Okay, mache ich.« Sie ging sofort, ohne noch einen Blick auf die Leiche zu werfen.

Ich blieb mit ihr allein zurück, um mich näher mit ihr zu beschäftigen. Dabei mußte ich darauf achten, nicht in das Blut zu treten, das als Lache auf dem Boden schimmerte.

Wer hatte Marty Lambert getötet, und warum war das geschehen? Ich kannte die Antwort nicht, aber wenn ich nichts tat, würde ich sie auch nicht finden.

Der Tote lag quer über einem Schreibtisch. Das wiederum brachte mich auf eine Idee. Die meisten Menschen bewahrten in ihren Schreibtischen persönliche Dinge auf. Briefe, Rechnungen, Notizen, wie auch immer. Ich hoffte, daß Lambert auch so gehandelt hatte. Er lag der Länge nach über dem Schreibtisch, doch die Schubladen waren sichtbar, und mich interessierte vor allen Dingen die Mittellade. Sie zog mich wie magisch an.

Ich wickelte ein Taschentuch um meine Hand und zog die Lade dann vorsichtig an dem Metallgriff auf. Wie bei vielen alten Möbeln klemmte sie etwas. Aber ich hatte Geduld.

Zuerst fiel mir ein altes Fahrtenmesser auf, das mir, noch in der Scheide steckend, entgegengerutscht war. Für mich war es weniger wichtig, ich interessierte mich mehr für die Papiere, die ich als Unterlagen identifizierte.

Es waren Rechnungen, keine Briefe, aber auch Notizen und eine Tabelle mit den letzten Einkäufen, die der Händler getätigt hatte. Beim Überfliegen der Fundstücke stellte ich fest, daß sie nicht bedeutungsvoll war, zumindest nicht zu diesem Zeitpunkt. Ich suchte weiter und griff tiefer in die Schublade hinein.

Etwas knisterte zwischen meinen Fingern. Wieder ein Stück Papier, ein Zettel, den ich behutsam hervorzog, dann glättete und betrachtete. Es war eine handschriftliche Notiz.

Es wird ja wieder ›in‹, mit dem Füllfederhalter zu schreiben, und auch auf diesem Zettel hatte der Trödler seine Notizen mit dem Füller geschrieben. Ich sah die tiefeblaue Tinte.

Jeder Buchstabe wirkte wie gemalt und war gut zu lesen.

Verkauf der Kiste mit den Monstern an Tim Baker.

Ich runzelte die Stirn. Ich kannte keinen Tim Baker, aber der Text hatte mich schon mißtrauisch gemacht. Und irgendwie hatte ich das Gefühl, daß dieser Zettel wichtig werden konnte, deshalb steckte ich ihn ein. Eine weitere Durchsuchung der Schublade brachte nichts.

Glenda Perkins kehrte zurück. Sie war nicht allein, der Bobby ging neben ihr.

»Er wollte unbedingt mit, John.«

»Meinetwegen. Ich hoffe, Sie haben starke Nerven.«

Habe ich – wollte er sagen, aber die Worte blieben ihm in der Kehle stecken, als er die über dem Schreibtisch liegende Leiche sah und auch das viele Blut.

Ich gab ihm genügend Zeit, um sich etwas zu erholen und fragte noch einmal nach. »Ist das Marty Lambert?«

»Ja, das ist er«, flüsterte der Bobby.

Ich veränderte meinen Standort und stellte mich so hin, daß er gegen mich und nicht gegen den Toten schaute. Glenda hatte den kleinen Raum sowieso verlassen und wartete weiter vorn. »Sie sind hier Polizist. Sie kennen die Bewohner, und sie kannten auch Lambert. Können Sie sich vorstellen, wer das getan haben könnte? Ich weiß, daß diese Frage etwas naiv ist, ich stelle Sie Ihnen trotzdem.«

Er schüttelte nur den Kopf.

»Haben Sie keinen Verdacht?«

»Nein.«

Ich ließ nicht locker. »Aber die Bewohner hier sind Ihnen doch bekannt – oder?«

»Natürlich.«

»Würden Sie einem davon eine derartige Tat denn zutrauen?« erkundigte ich mich.

Der Bobby schnappte nach Luft. »Um Himmels willen, nein! Was hier geschehen ist, das ist grauenhaft. – Ich weiß aber noch nicht mal, welche Waffe verwendet wurde . . .«

»Das ist mir ebenfalls ein Rätsel. Trotzdem muß es ein Motiv geben, Kollege.«

»Sicher«, murmelte er.

»Hatte Lambert Feinde?«

»Wer hat die nicht?«

Ich winkte ab. »Ja, die Antwort kenne ich. Aber hatte er besondere Feinde? Ich will nichts gegen Trödler sagen, aber es gibt einige obskure Gestalten unter ihnen, die es mit ihren Geschäften nicht so genau nehmen. Das könnte auch bei Lambert der Fall gewesen sein, und dann hätte ich schon fast so etwas wie ein Motiv.«

»Ja, ja, das kann alles sein. Es ist mir auch bekannt. Da wird oft die Steuer betrogen, Kunden übers Ohr gehauen, Hehlerei betrieben . . . Aber ein Motiv für ein derartig schlimmes Verbrechen fällt mir beim besten Willen nicht ein – sorry!«

Ich hob die Schultern und fragte dann: »Sagt Ihnen der Name Tim Baker etwas?«

Der Kollege überlegte. Er wollte mir helfen, das sah ich ihm an, aber er mußte leider passen. »Nein, von einem Tim Baker habe ich noch nichts gehört. Der Name ist mir unbekannt.«

»Schade.«

»Was ist denn mit ihm?«

Aus einem Gefühl heraus entschloß ich mich, dem

Bobby reinen Wein einzuschenken. »Ich habe eine Notiz gefunden, in der stand, daß Marty Lambert eine Kiste mit Monstern an einen gewissen Tim Baker verkauft hat. Können Sie vielleicht damit etwas anfangen?«

Der gute Mann zeigte sich leicht erschreckt.

»Eine Kiste mit Monstern?« wiederholte er. »Wie das denn?«

»Keine Ahnung.«

Mein Gegenüber klappte den Kragen wieder nach hinten und drückte seine Mütze zurück. Ich sah erst jetzt, daß eine tiefe Narbe seine linke Wange zierte. »Wann war ich zum letztenmal hier?« fragte er sich selbst. »Lange ist es nicht her.«

»Dienstlich?«

»Nein, ich suchte für meine Nichte etwas. Sie ist auf dem Aussteigertrip und trägt nur Kleidung aus zweiter oder dritter Hand. Da habe ich mit Marty gesprochen und mich auch hier im Laden umgeschaut.«

»Ist Ihnen dabei die Kiste aufgefallen?«

»Nein.«

»Hat Lambert auch nicht davon gesprochen?«

»Nein. Nicht direkt jedenfalls. Er hat mir nur erzählt, daß er bald keinen Platz mehr in seinem Laden hat. Man bietet ihm so viel an, daß er Platzprobleme hat. – Hatte ...«

»Ist Ihnen sonst noch etwas aufgefallen? War Marty anders als sonst? Hatte er Angst? Fühlte er sich verfolgt?«

»Wenn ich das wüßte«, murmelte der Bobby. Er schaute dabei auf seine Schuhspitzen.

»Das hört sich nicht schlecht an«, sagte ich.

»Ich weiß es nicht. Wir haben über seine Geschäfte kaum gesprochen, aber bei meinem letzten Besuch hat er mir schon etwas gezeigt, von dem er auf eine bestimmte Art und Weise fasziniert war, die man aber nicht als positiv ansehen sollte.«

»Um was ging es denn?«

»Um ein altes Gefäß mit magischem Weihrauch.«

Ich kriegte plötzlich große Ohren. »Was haben Sie da gesagt? Magischer Weihrauch?«

»Ja.«

»Und den hatte er hier?«

»Sicher.«

»Wo denn?«

»Falls er das Zeug noch nicht verkauft hat, kann ich es Ihnen zeigen, Mr. Sinclair.«

»Das wäre nett.«

Hier in der Kammer fanden wir es nicht. Wir mußten sie verlassen und wieder in den normalen Verkaufsraum gehen, wo sich Glenda auf einen Schemel gehockt hatte und uns nachschaute, wie wir zu einer Kommode oder einem alten Sideboard schritten, auf dem einige Teekannen aus Metall und aus Porzellan standen. Sie sahen zwar nett aus, hätten aber dringend geputzt werden müssen.

Der Bobby hatte sich gebückt und öffnete beide Türen des Sideboards. Ich stand gebückt neben ihm und hatte meine Hände auf die Oberschenkel drapiert. Die Hände des Kollegen verschwanden im dunklen Schrank. Dabei gab er seinen Kommentar ab. »Hier jedenfalls hat er das Gefäß aufbewahrt. Er hat es mir gezeigt, und mir dabei erzählt, daß es sein wichtigstes Teil wäre.«

»Magischer Weihrauch?«

Der Mann drehte den Kopf und hob ihn auch an. »Ja, ob sie es glauben oder nicht. Aber so ist es gewesen.«

»Hat er noch mehr gesagt?«

»Nein. Aber ich habe ihm angesehen, daß er stolz

darauf gewesen ist. Zugleich hat er sich auch davor gefürchtet.«

»Wie das?«

»Keine Ahnung. Es war einfach mein Gefühl. Ha, jetzt habe ich es. Wer sagt's denn? Das Ding ist nur ziemlich weit in eine Ecke gedrückt worden.«

Der Bobby holte es hervor. Ich bückte mich noch tiefer, nahm ihm das Gefäß aus der Hand und hielt nach einem freien Platz Ausschau, wo ich es abstellen konnte.

Der Schemel, auf dem Glenda saß, eignete sich besonders.

Sie stand auf und wunderte sich. »Davon habe ich noch nie gehört, John. Du etwa?«

»Ist auch für mich eine Premiere.«

Zu dritt schauten wir uns das Gefäß an, das die Form eines Kessels aufwies, aus Metall bestand und an einer Kette getragen oder geschwenkt werden konnte. Es war an den Seiten nicht geschlossen. In der Mitte befand sich ein Ring aus kleinen Öffnungen. Austrittslöcher für den Rauch.

»Ist der Kessel gefüllt?« fragte Glenda.

»Das weiß ich nicht. Marty jedenfalls hat mir nichts davon gesagt. Aber das ist durchaus möglich.«

Ich umfaßte es mit beiden Händen, hob es an und schüttelte es. Die Kette hielt ich dabei fest, damit sie nicht gegen die Außenhaut schlug.

Wir hörten schon das leise Rascheln auf dem Boden. »Es ist also was drin«, sagte ich.

»Und was?« fragte Glenda.

»Hier werden wir das nicht klären können. Wir nehmen den Kessel mit und lassen ihn untersuchen. Auf einem magischen Weihrauch bin ich wirklich gespannt.«

Mein Ton hatte wohl etwas zu locker für Glendas

Geschmack geklungen, denn sie fragte: »Nimmst du diesen Fund überhaupt richtig ernst, John?«

»So ernst wie den Toten.«

»Dann ist es gut.«

»Hattest du eine andere Meinung?«

»Beinahe.«

»Nein, nein, hier steckt mehr dahinter, als wir bisher angenommen haben.«

»Ich würde Ihnen ja gern helfen«, sagte der Kollege, »aber von mir können Sie leider nichts erwarten, was diesen seltsamen Weihrauch angeht. Außerdem war ich mit Marty nicht befreundet. Mir ist bis heute unklar, weshalb er mir das Ding überhaupt gezeigt hat. Wahrscheinlich brauchte er jemanden, mit dem er darüber sprechen konnte, aber viel erklärt hat er mir nicht.«

»Er wußte möglicherweise nichts«, sagte Glenda.

»Ja, auch das ist möglich.«

Von der Straße her hörten wir Stimmen. Die Kollegen der Mordkommission waren eingetroffen. Als die Tür geöffnet wurde, hörte ich plötzlich eine mir bekannte Stimme, und mein Mund verzog sich zu einem Lächeln.

»Wo steckt dieser Sinclair? Der dickste und längste Nagel an meinem späteren Sarg?«

»Hier bin ich, Tanner. Aber gib acht, daß du hier nichts umwirfst.«

»Keine Sorge, höchstens dich.« Er hatte die Spitze seiner Mannschaft übernommen, blieb dann stehen, und ich sah zuerst seinen alten Filz, der schief auf dem Kopf saß.

»Die Decke war wohl nicht hoch genug«, sagte ich und deutete auf den Hut.«

»Seit wann störst du dich an Kleinigkeiten?« Tanner richtete den Filz. Sein Gesicht sah so zerknautscht aus wie immer. Obwohl er auf dem kalten Zigarillo herumkaute, verzierten wieder zahlreiche Ascheflecken sein Mantelrevers.

»Glenda hat uns ja schon vorbereitet, John. Gibt es sonst noch etwas, was wir wissen müssen?«

»Nein«, erklärte ich ihm, »aber schaut euch erst mal um. Und vorsichtig, es ist eng.«

»Wo ist denn dein Zwilling?«

»Suko sitzt im Büro, denke ich.«

»Dort hätte ich auch bleiben sollen. Ich habe schon gedacht, daß es ein ruhiger Tag werden würde, dann aber hörte ich Glendas Stimme – nichts gegen Sie persönlich, Glenda –, aber sofort war es mit meiner Freude vorbei.«

»Und du wirst dich noch weniger freuen, Tanner, wenn du den Toten siehst. Man hat den Mann regelrecht aufgeschlitzt.«

»Scheiße«, sagte er nur und wartete darauf, daß ich ihm Platz schuf, was ich auch tat. Ich drückte mich zur Seite, um der Mannschaft den Weg frei zu machen. Allerdings wollte ich noch bleiben, um die ersten Ergebnisse zu erfahren.

Draußen war es zwar kalt, aber dort hatten wir mehr Platz. An der offenen Tür blieben wir stehen, und Glenda drückte sich gegen mich, um nicht zu frieren, wie sie meinte. »Weißt du eigentlich, daß es mir beinahe schlecht geworden wäre, als ich ihn gesehen habe?«

»Das kann ich verstehen.«

»Wer tut so etwas?«

»Keine Ahnung, nicht mal einen Schimmer davon, wirklich nicht, Glenda.«

»Und wie hieß dieser Mensch noch, dessen Namen du auf dem Zettel gelesen hast?«

»Woher weißt du davon?«

»Der Kollege erzählte es mir.«
»Tim Baker.«
»Kenne ich nicht.«
»Habe ich mir fast gedacht. Der ist auch mir nicht bekannt. Aber ich werde das Gefühl nicht los, daß wir bei ihm nachforschen müssen. Er scheint ein Sammler von Monstern zu sein. Möglicherweise von Monsterpuppen oder irgendwelchem Kram, den die Trick-Spezialisten für Horrorfilme erfinden.«
Glenda schaute mir von unten her ins Gesicht. »Vielleicht zusammen mit dem magischen Weihrauch?«
Ich mußte lachen. »Was damit passiert ist, weiß ich leider auch nicht. Ich kann mir selbst eine Verbindung zwischen ihm und den Monstern nicht vorstellen.«
»Na, wärmt ihr euch gegenseitig?« Tanner war gekommen und hatte die Frage gestellt.
Wir wandten uns ihm zu. Glenda ging einen winzigen Schritt zurück. »Es tat gut.«
Der Chief Inspector nickte.
»Nach diesem verdammten Anblick kann ich das verstehen.«
»Und? Was sagst du dazu?« fragte ich ihn.
»Da muß sich irgendein Psychopath ausgetobt haben«, sagte Tanner leise. »Etwas anderes kann ich mir beim besten Willen nicht vorstellen. Da bin ich überfragt.«
»Was sagen denn deine Spezialisten?«
»Noch nicht viel, John. Jedenfalls muß es eine sehr große Waffe gewesen sein, mit der dieser Trödler vernichtet wurde. Vielleicht ein Schwert oder etwas Ähnliches.«
»Ähnliches?«
»Ja.«
»Was denn?«

»Weiß ich auch nicht genau, John. Ein gekrümmtes Schwert, meinetwegen.«

»Ja, das ist auch möglich.«

»Aber wie bist du hierhergekommen?«

Mit dem Auto, wollte ich sagen, unterdrückte die Antwort aber und erzählte ihm von Lamberts Anruf. »Er wollte, daß ich komme, aber ich war nicht im Büro. So hat sich die ganze Sache leider um einen Tag verschoben.«

»Hat er den Grund nicht genannt?«

»Da mußt du Glenda fragen.«

»Nein, hat er nicht«, sagte sie schnell. »Aber ich weiß, daß er unter Druck stand. Das konnte ich dem Klang seiner Stimme entnehmen. Da habe ich mich nicht getäuscht.«

Tanner verzog den Mund.

Er schob dabei seine Oberlippe in die Höhe und sagte: »In eurer Haut möchte ich nicht stecken. Sieht nicht eben gut aus. Aber wenn er dich hat sprechen wollen, John, dann steckt doch etwas Bestimmtes dahinter.«

»Wie meinst du das?«

»Hör auf, das weißt du selbst. Dann ist es kein Fall für mich, sondern einer für Suko und dich. Ihr werdet es bestimmt wieder mit euren Freunden zu tun bekommen.«

»Dämonen also?«

»Ja. Oder ähnlichen Geschöpfen.«

Ich nickte. »Da kannst du durchaus recht haben, aber das werden wir alles noch herausfinden.«

Tanner war ein schlauer Fuchs, denn er sagte: »Das hört sich an, als hättet ihr bereits eine Spur.«

»Eine vage, mehr nicht.«

»Was denn?«

»Wir haben von einem Gefäß mit magischem Weihrauch gehört«, klärte ich ihn auf. Über den gefundenen Zettel schwieg ich.

Tanner legte den Kopf schief und ließ seinen Zigarillo von einem Mundwinkel in den anderen wandern. »Ich habe dich richtig verstanden, John? Du hast von einem magischen Weihrauch gesprochen?«

»Exakt.«

»Und was ist das?«

»Kann ich dir auch nicht sagen. Ich möchte ihn erst in unserem Labor untersuchen lassen.«

»Tu das. Ich lasse die Leiche in die Pathologie schaffen, wo man sie obduzieren soll. Ich will endlich wissen, welche Waffe diesen Mann getötet hat.«

»Dafür brauche ich den oder die Mörder.«

Tanner nickte, ohne daß sein Hut vom Kopf rutschte. »Eine Arbeitsteilung, die mir gefällt.«

»Gut«, sagte ich. »Dann gibt es für uns hier nichts mehr zu tun. Sollten deine Leute noch etwas finden, laß es mich bitte wissen.«

»Weil du es bist, John, und weil ich dich trotzdem gut leiden kann. Das gilt auch für Sie, Glenda.«

»O danke.«

»Nicht der Rede wert. Das bekommen Sie doch sicherlich häufiger von John zu hören.«

Jetzt wurde es aber Zeit für mich. Ich war schon im Laden, als ich Glendas Spottlachen hörte. Was sie noch hinzufügte, verstand ich zum Glück nicht.

Der Kessel mit dem magischen Weihrauch stand noch dort, wo ich ihn abgestellt hatte. Und neben ihm hielt sich wie ein Wachtposten der treue Bobby auf.

»Danke, daß Sie ihn bewacht haben«, sagte ich.

»Schon gut.«

Ich nahm den Kessel und schaute den Kollegen an, der etwas blaß um die Nase herum geworden war. »Geht es Ihnen nicht gut?«

Er grinste mir verzerrt zu. »Sagen wir so, es ging mir schon schlechter. Ich habe nur immer an den Toten denken müssen. Das Bild will einfach nicht verschwinden.«

»Ich kenne das. Es braucht Zeit. Aber auch darüber werden Sie hinwegkommen.« Ich bedankte mich noch einmal für seine Hilfe und zog mich zurück. Im Mordraum war der Fotograf bei der Arbeit. Sein Blitzlicht zuckte hinter mir her.

Draußen schaute sich Tanner den Kessel an. »Das also ist das Gefäß mit dem Weihrauch.«

»Dem magischen!« verbesserte ich ihn.

»Ja, ist schon okay. Hast du mal reingeschaut?«

»Nein, ich habe die beiden Hälften noch nicht auseinandergedreht.«

»Das Ding sieht auch ziemlich verrostet aus. Wer weiß, aus welcher Kirche es gestohlen worden ist.«

»Das spielt für uns keine Rolle. Aber ich bezweifle, daß Lambert es aus einer Kirche hat.«

»Das ist dein Problem.« Tanner wollte wieder zurück zu seinen Leuten, und wir wollten fahren.

Die Treppe gingen wir abermals vorsichtig hoch und bewegten uns auf den Rover zu.

Glenda deutete auf ihren Magen. »Irgendwo würde ich gern einen Schluck Whisky trinken. Nur als Medizin. Der Anblick hat mich doch verdammt stark mitgenommen.«

»Wir haben noch eine Flasche im Büro. Für besondere Anlässe. Das hier ist einer.«

»Finde ich auch.«

Da die Türen schon offen waren, stieg Glenda ein. Ich stellte den Kessel auf den Rücksitz und startete wenig später den Motor. Beide waren wir gespannt, in welches Wespennest wir da gegriffen hatten . . .

Tim Baker hatte nur Augen für die Figur in der Mitte, die alle anderen zu beherrschen schien – für Necroman eben.

Er war das Wunder!

Das kleine, das böse, und auch das magische und unerklärliche Wunder.

Die Kiste, Puppenstube oder wie immer man das Ding auch nannte, es war ziemlich düster, auch wenn es vorn offenstand. Ihre Innenausstattung glich der eines alten Verlieses, obwohl sie aus Holz gefertigt worden war. Die Innenwände waren mit unterschiedlich großen und auch verschieden hohen Steinen bedeckt. Zumindest bestanden sie aus einem Material, das einem Gestein täuschend echt nachgebildet worden war.

An der Rückseite der seltsamen Puppenstube war ein Fenster eingebaut worden, allerdings mit einem Gitter davor, als sollten die Puppen von einer Flucht abgehalten werden.

Wer sie genauer anschaute, der bekam einen Querschnitt durch die Geschichte des Horrorfilms geliefert. Da war Frankenstein ebenso vertreten wie Dracula, die Mumie, der Werwolf oder die schrecklichen Gestalten der Zombies oder auch Monstren, deren Gesichter mit Nägeln bestückt und blutverschmiert waren. Sie alle verteilten sich in sitzenden oder stehenden Stellungen, aber einer bildete den Mittelpunkt, obwohl er ziemlich weit hinten seinen Platz gefunden hatte. Direkt unter dem vergitterten Fenster.

Das war Necroman.

Er hockte vorübergebeugt in einem kleinen staubigen und dunklen Sessel. Ein Skelett, dessen dunkler Umhang geschlossen war. Er hatte auch die Kapuze in die Höhe geschoben, aber sie war nach vorn hin offen, und so lag sein gelbbleiches Knochengesicht frei, gegen das er den linken Arm gestützt hatte. Der rechte lag über der anderen Sessellehne, und seine schiefe Haltung gab dem Aussehen einen irgendwie deprimierenden Ausdruck.

Neben der rechten Sesselseite lehnte eine Sense an der Wand. Sie stand auf dem Griff, und die sichelförmige Schneide berührte beinahe die dunkelbraune Decke. An der anderen Seite des Sessels lehnten Stäbe an der Wand. Um das Holz war ein roter Umhang gewickelt.

Necroman war *die* Puppe!

Im Vergleich zu ihr traten alle anderen in den Hintergrund. Sie waren nicht mehr als Staffage, wirkten wie Diener oder Untergebene, die nur auf einen Befehl zu warten schienen.

Der Junge hatte sich hingekniet, hätte bequem in die Kiste hineinfassen können, was er aber nicht tat. Für ihn war die Welt noch längst nicht in Ordnung. Das Zucken seiner Wangen kam nicht von ungefähr. Er hatte sogar Mühe, die Tränen zu unterdrücken. Noch immer wehte ihm dieser verdammte Pesthauch entgegen. Der Geruch von Moder und Verwesung, der von der Figur Necromans ausging.

Eine Figur, dachte der Junge.

Aber nicht in meinen Träumen. Da habe ich etwas anderes gesehen. Da war Necroman so verdammt lebendig und vor allem groß. Da hatte er sich verändert, aber hier hockte er völlig harmlos und etwas schief in seinem Sessel.

Tim Baker liebte Gruselpuppen. Sie waren sein Hobby, und seine Eltern hatten es ihm gelassen, auch wenn sie ihn dabei immer kritisch beobachteten. Für einige hatte der Junge gespart. Er war immer wieder nach London gefahren und hatte den Trödler besucht, um die Puppen zu sehen und zu bewundern. Der

Mann hatte ihm versprochen, sie so lange zu behalten, bis Geld genug da war.

Hundert Pfund hatte er dafür haben wollen. Für die Puppen und die Kiste.

Tim glaubte fest daran, diese nicht eben niedrige Summe bezahlen zu können, denn in wenigen Tagen hatte er Geburtstag und wurde sechzehn. Da gab es wieder Geld von den Großeltern. Das konnte er dann zu seinem Gesparten legen, und es blieb sogar noch etwas übrig.

Auch der Trödler wußte darüber Bescheid und hatte sich deshalb erweichen lassen, auf Tims Wünsche einzugehen.

Jetzt stand die Kiste hier. Und damit hatten auch die Alpträume des Jungen begonnen. Ob sie in einem direkten Zusammenhang mit den Figuren standen, wußte er nicht. Er hatte sich auch gehütet, seinen Eltern etwas von den Alpträumen zu erzählen. Sie hätten nur Fragen gestellt, die ihm nicht paßten. So hatte er alles für sich behalten, auch seine Furcht, die ihn morgens nach den Träumen nicht verlassen hatte.

Er hörte sich schwer atmen. Die Puppen sahen im kalten Licht der Beleuchtung noch schauriger aus. Als hätten sie einen besonderen Totenglanz bekommen.

Tim Baker mußte sich schon überwinden, die Hand in die Kiste zu führen. Er dachte dabei an seinen Traum, und er sah Necroman in zwei verschiedenen Formen vor sich.

Einmal hier als normale Puppe, zum anderen als aufgeblähtes und gewaltiges Monstrum, das mit den Wolken am dunklen Himmel um die Wette segelte.

Schlimm war das. Aber Tim riß sich zusammen. Es hatte ihm bisher nichts ausgemacht, seine Lieblinge anzufassen. Heute aber war das etwas anderes.

Necroman rührte sich nicht. Er blieb weiterhin in

seinem Sessel hocken wie ein skelettierter Philosoph, der über das Elend der gesamten Welt nachdachte.

Die Finger schwebten ihm entgegen. Der laute Atem des Jungen ebenfalls, und dann faßte er zu.

Er legte seine Hand um den Körper des Skeletts, ohne allerdings hart zuzudrücken, aus Furcht davor, die manchmal filigranen Knochen zu zerbrechen. Er spürte auch den rauhen Stoff des Umhangs an seiner Haut, dann hob er die Figur an.

Der linke Arm, der dem Kopf bisher eine Stütze gegeben hatte, sackte nach unten, traf die Sessellehne, doch er zersplitterte nicht. Tim hob die Figur weiter an. Sie schwebte bereits über dem Sessel und über die Köpfe der anderen hinweg, und auch an den Figuren vorbei holte er Necroman zu sich.

Vor der Kiste blieb er knien. In der Hand hielt er seine Puppe. Tims Mund zuckte. Er spürte in der Kehle das leichte Würgen, denn der verdammte Gestank war nicht verschwunden. Jetzt, wo er Necroman in der Hand hielt, war er noch intensiver geworden. Begreifen konnte er es nicht, denn nie zuvor hatte die Puppe eine derartige Ausdünstung von sich gegeben. Sie widerte ihn an, trotzdem stellte er sie nicht zurück, sondern nahm sie mit.

Tim war aufgestanden. Er ging auf seinen Schreibtisch zu, wo er die Puppe abstellte. Sie blieb sogar auf den Knochenfüßen stehen, nachdem er die Beine gerichtet hatte.

Etwas war trotzdem anders gewesen oder geworden und hatte ihn auch gestört. Es ging natürlich um die mittelalterliche Abbildung des Todes, aber es ging hier auch um mehr.

Er schaute es an.

Necroman sah aus wie immer. Auch aus der Nähe hatte sich nichts verändert. Trotzdem fühlte er sich gestört, und Tim faßte noch einmal hin. Diesmal etwas fester, und dabei schob er seine Finger auch unter den Umhang, damit er Hautkontakt mit dem Gebein bekam.

Gebein?

Der Junge erschrak tief, als hätte ihn ein Schlag erwischt. Fühlte sich so Gebein an?

Nein. Es war nicht mehr so hart, war weicher geworden oder aufgeweicht. Wenn er etwas Druck ausübte, konnte er die Figur zusammenpressen wie Knetgummi.

Also hatte er sich nicht geirrt, und Tim Baker hielt entsetzt den Atem an.

Mit dieser neuen Entwicklung kam er einfach nicht zurecht. Er fand keine Erklärung für die Umwandlung dieses Materials. Für ihn war es ein Rätsel, und er ließ die Puppe so hastig los, daß sie abrutschte und dabei umkippte.

Vor dem Bildschirm des Computers blieb sie liegen. Die leeren Augenhöhlen in die Höhe gerichtet, als wollte sie auf dem blassen Monitor etwas Bestimmtes entdecken.

Tim kam nicht mehr zurecht. Er war nervös. Er konnte die Hände nicht mehr ruhig halten, und er fuhr einige Male über sein Gesicht, ohne jedoch seine Furcht und Bedrückung loswerden zu können. In seiner Kehle hatte sich etwas verengt. Er schluckte. Der Speichel schmeckte bitter, und seine Angst wollte nicht weichen.

Plötzlich schoß ein schrecklicher Gedanke in ihm hoch. War es vielleicht möglich, daß dieses Skelett, das ja tot sein mußte, auf einmal anfing zu leben, weil er sich verändert hatte? War aus der toten Puppe eine lebende geworden?

Tim hatte sich so heftig erschreckt, daß er mit seinem Stuhl zurückrollte, als wollte er den Necroman nicht mehr aus unmittelbarer Nähe sehen.

Aber das brachte auch nichts. Es gab diese veränderte Figur, und sie ließ sich einfach nicht wegdiskutieren.

Wieder holte er unkontrolliert Atem und mußte erst einmal mit sich ins Reine kommen.

Nein, das war nicht möglich. Nicht in dieser Nacht, wo sich soviel verändert hatte. Im ging alles quer. Er schüttelte sich, er schluckte, er dachte daran, mit welchen Gefühlen er zu kämpfen hatte, und er beobachtete die Puppe aus einer sicheren Entfernung.

So vergingen zwei, drei Minuten, in denen nichts geschah. Weder der Junge noch die Knochenpuppe rührten sich. Tim kam es vor, als würden sie sich gegenseitig belauern.

Schließlich hatte er sich überwunden und stand auf. »Ich bin kein Feigling!« machte er sich selbst Mut. »Ich bin jemand, der Gruselpuppen sammelt und sich vor ihnen nicht fürchtet. Ich habe keine Angst vor Frankenstein, auch nicht vor Dracula oder irgendwelchen Zombies. Es sind Puppen, keine lebenden Monstren.« Er wiederholte den letzten Teil. »Es sind keine lebenden Monstren . . .«

Seine Stimme hatte bei der Wiederholung an Sicherheit verloren. Die letzten Worte waren einfach in der Kehle steckengeblieben, sie waren versackt.

Das Blut war ihm in den Kopf gestiegen. Er spürte den Druck hinter seinen Augen. Wieder brach der Schweiß aus seinen Poren, und er spürte das innerliche Zittern.

Dann ballte er die Hände zu Fäusten. Bei ihm so etwas wie ein Zeichen oder Neubeginn. Er stand ruckartig auf, zog den Stuhl nicht mit, als er wieder auf seinen Schreibtisch zuging.

Ein Griff, und er hielt das Skelett fest.

Gut, dachte er, sehr gut. Es wird nichts passieren. Es ist wirklich alles okay.

Tim drückte nicht zu hart zu, aber er spürte schon die Knochen, und die hatten an Weichheit nicht verloren. Sie waren so geblieben, und natürlich fragte sich der Junge, was noch mit diesem verdammten Skelett geschehen würde.

Wichtig war, daß es wieder zurück auf seinen angestammten Platz kam, denn nur dort saß es richtig.

Tim Baker drückte den Knöchernen wieder in den Sessel und ließ ihn dort hocken. Diesmal nicht in einer schrägen Haltung, sondern gerade, damit der Rücken von der Lehne gestützt wurde. Für einen Moment betrachtete er sein Werk, nickte zufrieden und richtete sich wieder auf. Vor der offenen Kiste blieb er nachdenklich stehen.

Tim dachte nach. Auch wenn er sich dazu zwingen mußte, er tat es einfach. Die Nacht war noch lang. Bis zum Morgengrauen würden einige Stunden vergehen, und in die Schule brauchte er nicht, denn jetzt war bereits Samstag, also Wochenende.

Da schliefen auch seine Eltern länger, was bei ihm die Frage aufwarf, ob er sie wecken und einweihen sollte.

Er entschied sich dagegen. Das brachte nichts. Sie würden ihn auslachen, für einen Spinner halten, was er auch getan hätte, wenn ihm jemand von einer Veränderung der Puppen berichtet hätte. Das war überhaupt nicht nachzuvollziehen, und er selbst sah ebenfalls keine Logik dahinter.

Was tun?

Wieder ins Bett legen? Versuchen, den nötigen Schlaf zu finden? Das war am besten.

Tim Baker ging wieder auf sein Bett zu, wo er sich

nicht legte, sondern setzte. Er schaute dabei nach vorn, die Stirn hatte er gerunzelt, und er dachte darüber nach, ob er auch das Richtige getan hatte. Wäre es nicht besser gewesen, die verdammte Kiste aus dem Haus zu bringen und sie zu entsorgen?

Nein, so nicht.

Aber es gab eine andere Möglichkeit. Der Händler hatte sie ihm in Kommission gegeben. Er brauchte sie nur zurückzubringen und diesem Lambert zu erklären, daß er sie nicht wollte. Damit war alles geritzt.

Nachdem er sich mit diesem Gedanken beschäftigt hatte, huschte ein Lächeln über sein Gesicht. Zwar war er nicht besonders müde, aber es reichte ihm aus, um sich nach hinten fallen zu lassen. Das Licht der Nachttischleuchte ließ er brennen, denn so fühlte er sich sicherer, und er würde auch im Hellen schlafen können.

Nein, die Lampe störte doch.

Nach einigen Minuten richtete er sich wieder auf und schaltete sie aus.

Jetzt war wieder alles normal und so wie immer.

Aber war es das wirklich? Tim dachte daran, aber er dachte nicht weiter darüber nach, denn plötzlich fielen ihm wie von selbst die Augen zu, und er schlief ein ...

Sehr tief schlafen. Nichts hören, nichts sehen, nur eben dieser Tiefschlaf, aus dem er plötzlich erwachte, die Augen aufschlug und unbeweglich liegenblieb.

Tim hatte so fest geschlafen, daß er sich im ersten Moment in seiner eigenen Umgebung nicht zurechtfand. Noch immer umgab ihn die Dunkelheit. Er schaute zum grauen Rechteck des Fensters hin, als wäre es für fremde Wesen aus einer anderen Welt geschaffen worden, damit diese in die Häuser der Menschen heimlich hineinschauen konnten.

Der Junge blieb so ruhig wie möglich liegen. Er dachte nur darüber nach, weshalb er überhaupt wach geworden war.

Er hörte sich atmen.

Durch die Nase tief ein, durch den Mund wieder aus. Ruhig bleiben, nur keine Aufregung, denn die Erinnerung kehrte ebenfalls wieder zurück.

Etwas leuchtete geisterhaft grün in der grauen Finsternis zwischen den vier Zimmerwänden. Es war die Anzeige seiner Digitaluhr, und der Junge stellte fest, daß es fast drei Stunden nach Mitternacht war. Eine sehr frühe Morgenstunde.

Aber ich bin hellwach, dachte er. Wieso bin ich hellwach? Ich fühle mich überhaupt nicht müde. Ich bin topfit und werde sicherlich nicht mehr zu schlafen brauchen. Ich könnte jetzt aufstehen, nach draußen gehen oder mich vor die Glotze setzen.

Die letzte Idee fand er nicht schlecht. Das hatte er schon öfter praktiziert, wenn in der Nacht ein Film gezeigt wurde, der seinem Geschmack nach gut war, aber nicht nach dem seiner Eltern, die ausgerechnet beide noch als Lehrer arbeiteten.

Leider lag die Fernbedienung nicht in seiner Reichweite. Um sie zu holen, mußte er aufstehen und zu seinem Schreibtisch gehen, wo er sie abgelegt hatte. Das war kein Akt, und Tim Baker machte sich schon bereit, als er etwas hörte.

Es war ein Geräusch!

Ein fremdes Geräusch, das auf keinen Fall in diesen Raum hineinpaßte. Er blieb steif liegen, konzentrierte sich voll und ganz auf diesen anderen Laut, der sich jetzt leider nicht wiederholte. Nach einer Weile entspannte sich Tim wieder. Er hörte seinen eigenen

Herzschlag nicht mehr so laut, aber komisch war ihm schon zumute, wenn er über das Geräusch nachdachte.

Es gab dafür keine Erklärung. Hin und wieder knackte der PC manchmal so komisch, wenn er nicht ausgeschaltet worden war. In dieser Nacht war er abgestellt worden.

Tim glaubte nicht daran, sich getäuscht zu haben. So wartete er weiterhin darauf, daß sich das Geräusch wiederholte, und er schielte im Liegen dorthin, wo die Kiste mit den Monsterpuppen stand.

Obwohl es lächerlich war. Puppen konnten sich nicht bewegen oder Geräusche abgeben. Sie lebten nicht, sie bestanden aus einem toten Material, hatten weder eine Seele noch ein Uhrwerk. Auch von der modernen Elektronik waren sie verschont geblieben. Trotz dieser Gründe glaubte Tim daran, sich nicht geirrt zu haben.

Vielleicht waren die Geräusche auch schon vorher erklungen – und hatten ihn geweckt.

Er atmete so leise wie möglich und fing wieder an zu schwitzen. An einigen Stellen des Körpers nahm er den Juckreiz wahr, doch er hütete sich vor einer Bewegung. Er wollte nur still bleiben und sonst nichts anderes tun.

Warten ...

Aus den anderen Räumen im Haus war nichts zu hören. Seine Eltern schliefen tief und fest. Es stand auch niemand auf, um der Toilette einen Besuch abzustatten. Diese Nacht blieb normal und verdammt still.

Dann hörte er das dumpfe Geräusch!

Tim Baker schrak zusammen. Er wußte nicht, was geschehen war, aber das Geräusch hatte ihn schon zusammenschrecken lassen. Kurz danach lag er wieder starr auf dem Rücken, auf etwas Neues wartend, das ihn vielleicht weiterbrachte, obwohl er sich tief in seinem Innern davor fürchtete.

Der Junge dachte darüber nach, wer das Geräusch verursacht haben könnte. Er kam nicht drauf, doch eines wußte er sehr genau.

Es war aus einer bestimmten Richtung an seine Ohren gedrungen. Von dort, wo die offene Kiste mit seinen Monstren stand. Da mußte dann etwas gefallen sein.

Vielleicht der Necroman? Das wäre gut möglich gewesen, denn Tim hatte nicht unbedingt darauf geachtet, wie er ihn wieder zurück in seinen Sessel gedrückt hatte. Wahrscheinlich war er einfach umgekippt, hatte das Übergewicht bekommen.

Alles war möglich ...

Aber der Junge wollte es genau wissen. Er streckte bereits die Hand aus, um den Lichtschalter zu erreichen, als ihn ein weiteres Geräusch erstarren ließ.

Etwas hatte geknirscht – wie Sand auf – oder zwischen ...

Wieder schlug sein Herz schneller. Er wartete. Sekunden nur waren seit dem letzten Geräusch vergangen, als er das leise, aber durchaus drohend klingende Fauchen vernahm. Wie eine gefährliche und tödliche Botschaft hallte es durch den finsteren Raum. Es war mit dem Fauchen einer Katze zu vergleichen, die sich im Zimmer versteckt hielt und jetzt nicht mehr wußte, wie sie rauskommen sollte.

Nein, hier gab es keine Katzen.

Hier gab es nur einen fünfzehnjährigen Jungen, der unter einer verdammten Angst litt, und es gab die von ihm so begehrten Monsterpuppen, die schaurigen Helden der Gruselfilm-Geschichte.

Helden, die leben konnten. Allerdings nur auf der Leinwand, dort nicht echt waren, und in der Realität nur als Puppen existierten. Ja, die Monster aus dem Kino, aber nicht der Necroman.

Er war etwas anderes. Ihn hatte kein Maskenbildner geschaffen. Er war nie auf der Leinwand erschienen, aber er gehörte zu den Puppen, und der Junge hatte sich bei Marty Lambert auch nicht nach dem Background der Figur erkundigt.

Das Fauchen wiederholte sich nicht. Aber ein anderes Geräusch war zu hören.

Schritte!

Leise und aus der Richtung kommend, in der die Kiste stand.

Da bewegte sich eine Gestalt. Die Laute waren so deutlich, daß es keine andere Möglichkeit gab. Es war auch keine Einbildung, und zum ersten Mal ging Tim Baker davon aus, daß sich seine Puppen mitten in der Nacht auf eine schaurige Art und Weise verändert hatten.

Aber stimmte das auch?

Er wußte nichts, er wußte überhaupt nichts mehr. Dieses nicht sehr große Zimmer, das für ihn zu einer Heimat geworden war, hatte sich nun in einen schrecklichen Alptraum verwandelt. Eigentlich war alles normal, trotzdem hatten sich die Dinge auf den Kopf gestellt, wenn auch durch die Dunkelheit verborgen.

Die Ungewißheit zerrte an Tims Nerven. Er drehte den Kopf und blickte auf das Fenster. Ebenso wie die Tür hätte er es aufreißen und hinauslaufen können, aber er blieb sitzen. Er traute sich nicht hin. Etwas hielt ihn fest, und auch vor der Nacht fürchtete sich Tim, obwohl er ansonsten kein ängstlicher Typ war. Sie war so anders, nicht nur äußerlich kalt, auch erfüllt von blauen Schatten.

Der Junge wischte über seine Augen. Einen zweiten

Versuch, das Licht einzuschalten, hatte er bisher nicht gestartet. Es schien so zu sein, als wollte er nichts von einer Veränderung sehen, sondern einfach nur im Dunkeln bleiben.

Und wieder hörte er das Knirschen. Dieses furchtbare Geräusch, unterlegt von ebenfalls kratzenden Lauten, als würden in einer Knochenmühle zahlreiche Gebeine gemahlen.

Sie lebten! Die Puppen und Monster lebten. Er war sich jetzt sicher, und wenn sie lebten, dann machte auch Necroman keine Ausnahme, denn seine Veränderung hatte er deutlich mitbekommen. Er trug die Schuld, nur er. Der Junge erinnerte sich, daß ihm der Trödler die Puppe aufgeschwatzt hatte. Von Beginn an hatte zwischen Tim und dem Skelett keine Sympathie bestanden, wie es bei anderen Puppen der Fall gewesen war, aber er hatte sie mitgenommen, denn Lambert war ja auch ihm entgegengekommen. Jetzt bereute er diesen Schritt, und wenn es nach ihm gegangen wäre, hätte er diese Puppe verbrannt.

Das Knirschen war verklungen. Wieder waren Schritte zu hören. Mal schlurfend, dann wieder hart aufgesetzt, so daß er das Tack-Tack deutlich hörte.

Und die Richtung blieb gleich. Nichts hatte sich verändert. Noch blieben die Monster in ihrer Kiste. Tim rechnete damit, daß ihnen der Platz dort zu klein werden würde. Dann würden sie kommen und über ihn herfallen.

Necroman mit der Sense.

Der Vampir würde ihm die Zähne in den Hals hacken.

Der Werwolf würde ihn beißen und mit seinen Hauern tiefe Wunden schlagen.

Und die Zombies würden ihn fressen!

Tim hatte es nicht gewollt, der leise Schrei war wie

von allein über seine Lippen gedrungen. Ein Zeichen der Angst, aber er hatte auch eine Veränderung bei dem Jungen bewirkt.

Plötzlich haßte Tim Baker die Dunkelheit. Er wollte endlich das Licht einschalten. Beim zweiten Versuch klappte es. Diesmal zerrte Tim den Arm nicht zurück. Er drückte den Schalter, und es dauerte nur eine winzige Zeitspanne, da hatte sich der Lampenschirm erhellt, und die Birne streute ihr Licht durch das Zimmer, auch bis in die Ecke, wo die Kiste stand.

Nicht leer, sondern mit den Puppen, den Monstern. Tim kniete jetzt auf seinem Bett. So hatte er einen besseren Blickwinkel bekommen, und er ließ sein Ziel nicht aus den Augen.

Es hatte sich nichts verändert, das erkannte Tim bereits auf den ersten Blick. Er wußte genau, wie er seine Puppen aufgestellt hatte, und sie standen noch immer dort. Er dachte wieder über die Geräusche nach, über das Knirschen, das Fauchen – und er hielt plötzlich den Atem an.

Es hatte sich etwas verändert. Die Sense war umgefallen. Sie lehnte nicht mehr an der Wand. Jetzt lag sie in der Nähe des Sessels auf dem Boden.

Necroman hockte dort noch immer. Sein Knochengesicht glänzte gelb im weichen Licht der Lampe. Wie gemalt zeichnete es sich in der Kapuzenöffnung ab.

War wirklich alles gleich geblieben? Tim Baker wußte gar nichts mehr. Auf den ersten Blick schon, aber es war auch durchaus möglich, daß sich die Puppen um wenige Zentimeter verschoben hatten und jetzt an anderen Stellen standen. Alles konnte möglich sein. Hier war nichts mehr so wie früher. Man hatte die Naturgesetze aufgehoben, und Tim wußte, daß er noch im Anfang stand. Er glaubte fest an eine Fortführung des Schreckens, er wünschte sie sich auf der einen Seite nicht, wäre aber auf der anderen enttäuscht gewesen, wenn mit den Puppen nichts geschehen wäre.

Er traute sich seltsamerweise nicht aus dem Bett, um danach aus dem Zimmer zu laufen. Etwas hielt ihn fest. Eine Kraft, eine andere Macht, wie auch immer. Oder war es möglicherweise die Angst davor, an der Kiste vorbeigehen zu müssen, wenn er die Tür erreichen wollte?

Noch etwas war ihm aufgefallen.

Im Zimmer hatte sich eine gewisse Kälte ausgebreitet. Tim glaubte nicht daran, daß sie von draußen eingesickert war. Sie mußte zwischen den vier Wänden ihren Ursprung gehabt haben, und da kam für ihn eigentlich nur die Kiste mit den Figuren infrage.

Das lange Knien gefiel ihm nicht. Er bewegte sich. Zwar konzentrierte er sich darauf, eine andere Haltung einzunehmen, aber die Kiste ließ er nicht aus den Augen. Er saß schließlich auf der Bettkante, und seine Füße berührten den Boden, den er als Stütze benutzte.

Der Teppich war noch warm. Deswegen fühlte er sich trotzdem nicht wohler, und er merkte selbst, wie er anfing zu zittern. Er wollte sich in der Gewalt halten, es war nicht möglich, denn selbst seine Zähne schlugen aufeinander.

Da passierte es.

Bisher hatte Necroman auf seinem Platz gesessen. Nun aber zuckte das Gerippe unter der dunklen Kutte, und der Junge hörte sogar das Schaben der Knochen.

Dann stand Necroman auf!

Ja, er drückte sich hoch. Nicht elegant oder geschmeidig, sondern noch ziemlich staksig, aber er ließ sich nicht beirren, und sehr bald stand er aufrecht auf seinen Knochenfüßen.

Tim Baker begriff die Welt nicht mehr. Wieder fielen ihm all die schrecklichen Geräusche ein, die er in der Dunkelheit gehört hatte. Jetzt mußte er leider erkennen, daß er sich nicht geirrt hatte, denn die Bewegungen des Skeletts waren von leisen Knirschgeräuschen begleitet. Auch, weil es sich noch einmal bückte, dabei einen Arm ausstreckte, um die Sense an sich zu nehmen.

Die anderen Monstren interessierten den Jungen nicht. Er hatte nur Augen für Necroman. Überdeutlich bekam er mit, wie sich die fleischlosen Finger der Klaue um den Griff der Sense schlossen und die Waffe mit einer mühelosen Bewegung in die Höhe hoben, wobei er sehr bald mit der nächsten Hand nachfaßte.

Er hielt sie jetzt fest.

Dann drehte er sich.

Tim schaute nur zu. Er war überhaupt nicht fähig, sich zu bewegen. Der unheimliche und auch unerklärliche Vorgang hatte ihn einfach erstarren lassen. Hier gab nicht mehr er den Ton an, sondern die anderen.

Die Knochengestalt hatte sich gedreht. Genau diese Bewegung war wieder von einem leisen Knirschen und Schaben begleitet worden. Sand im Getriebe oder an den Nahtstellen der Knochen.

Necroman hob die Sense an.

Es war eine für ihn völlig normale Bewegung, nicht aber für den Jungen, denn er wußte plötzlich, daß diese Monsterpuppe nur einen Feind kannte.

Tim hörte sich atmen.

Nicht normal wie sonst. Eher hektisch. Wie jemand, der sich dabei verschlucken konnte. Tim wußte genau, was passieren würde, aber er konnte es nicht verhindern. Ihm fehlte einfach die Kraft. Möglicherweise war er auch in den Mann des Knöchernen hineingeraten. Alles konnte zutreffen, nichts mußte sein.

Eines jedoch stand fest.

Necroman wollte etwas. Und zwar von ihm, denn er ging plötzlich vor. Das wiederum erinnerte Tim an seine schrecklichen Träume. Da hatte er ihn auch so gesehen, nur war er da zu einer immensen Figur angewachsen, zu einem Riesen. Jetzt blieb er klein oder normal groß und nicht höher als ein Kinderarm.

Aber das war noch die Sense. Holz und Metall. Das Metall war scharf geschliffen. Das Licht fing sich darauf wie auf einer Spiegelfläche. Es verlor dabei seine Weichheit. Der Ausdruck der Klinge erinnerte ihn dabei an das wärmelose Licht des Todes.

Necroman wußte genau, wohin er zu gehen hatte. Und er bewegte sich Schritt für Schritt auf das Bett zu, wo Tim Baker stand, ohne etwas tun zu können.

Er war viel größer und sicherlich auch stärker als Necroman, aber er bewegte sich nicht. Er ließ dieses Monstrum kommen, wie jemand, der darauf wartet, von der Klinge erwischt zu werden.

Necroman fand sein Ziel ohne Umwege. So direkt wie möglich näherte er sich dem Jungen. Der Stoff der Kutte schwang bei jedem Schritt hin und her. Er rieb über die fleischlosen Knochen und hinterließ schabende Laute. Die Sense wippte ebenfalls. Der Stahl reflektierte das Licht.

Dann war der Punkt erreicht, an dem Tim Baker nicht mehr konnte. Das Skelett hatte mehr als die Hälfte der Strecke zurückgelegt, es war ihm sehr nahe gekommen und hätte ihn mit einem gewaltigen Sensenschlag erwischen können.

Tim wußte es.

Er floh trotzdem nicht. Er zuckte nur noch einmal zusammen, dann riß er den Mund auf und schrie wie noch nie in seinem Leben . . .

»Mein Gott, Tim, du mußt ruhig, ganz ruhig sein. Niemand tut dir was, wir sind ja bei dir. Leg dich hin, und alles wird wieder okay. Hörst du? Es wird wieder okay, mein Junge.«

Tim Baker hörte die ruhige Stimme. Er spürte auch, daß ihn jemand festhielt, und er wußte, daß er nicht mehr saß, sondern jetzt wieder auf dem Bett lag.

Er kannte auch den Mann, der gesprochen hatte. Es war sein Vater gewesen, und seine Mutter hielt sich ebenfalls bei ihm auf, denn er hörte ihre Stimme, wie sie eine Frage stellte, aber keine Antwort bekam. Sowieso hatten sich die Stimmen angehört, als wären sie so weit entfernt gewesen. Irgendwo schwebend oder durch Mauern getrennt. Auf keinen Fall normal.

Er atmete heftig, hielt die Augen geschlossen, bewegte aber den Kopf auf dem unter ihm liegenden Kissen von einer Seite zur anderen. Dabei mußte er einfach reden, denn die schrecklichen Erinnerungen drückten einfach zu stark.

»Nein – nein – nicht. Bleib da. Komm nicht. Bleib in der Kiste, Necroman. Nein, ich will nicht. Ich will nicht, daß du zu mir kommst. Laß es ... Nicht die Sense – nicht ...« Er riß plötzlich die Augen auf und bekam mit, wie sich sein Vater, der auf dem Bett saß, ebenfalls aufrichtete und den Kopf drehte.

Susan Baker stand neben ihm. Sie trug nur ihr langes Nachthemd, das weiß war. Sie sah darin aus wie ein Engel. »Ich weiß auch nicht, was passiert ist, Sam.«

»Tim muß geträumt haben.«

»Ja, das glaube ich auch.« Sie hustete und drehte dabei den Kopf. Ihr Blick fiel auf die vorn offene Kiste mit den Monsterfiguren. »Es ist das Zeug, Sam. Es ist das verdammte Zeug! Ich war immer dagegen, daß er es bekam.«

»Aber er ist fast sechzehn.«

»Das spielt keine Rolle, Sam. So etwas macht sogar einen Erwachsenen verrückt. Ich könnte auch nicht schlafen, wenn ich von diesen Gestalten umgeben wäre. Tut mir leid, auch wenn es Tims Wunsch gewesen ist.«

»Ja, das stimmt, aber ...«

»Rede mit ihm, Sam.«

Der Mann nickte. Er war groß, kräftig, hatte dunkles Haar, und auf seiner Oberlippe wuchs ein ebenfalls dunkler Bart. Sam war lockerer als Susan, seine Frau, und das hatte sich auch bei der Erziehung ihres Sohnes ausgewirkt. Er ließ mehr durchgehen und zeigte für alles Verständnis. Nun aber war er mehr als irritiert, und ob Tim wirklich nur geträumt hatte, wollte er nicht so recht glauben.

Die letzten Worte seines Sohnes hatte er noch sehr genau behalten. Da war von einer Sense die Rede gewesen, und eine derartige Waffe gab es tatsächlich in diesem Zimmer. Gehalten wurde sie von einem Skelett, das zwischen all den anderen Puppen stand.

Puppen, nach irgendwelchen Vorbildern angefertigt. Nur keine Lebewesen. Da hatte sich Tim wirklich etwas zurechtgesponnen. Er mußte einfach schlecht geträumt haben.

Instinktiv spürte der Mann den Blick seines Sohnes auf sich gerichtet, und er drehte ihm wieder den Kopf zu, schaute ihn an. Sam Baker versuchte es mit einem Lächeln, bevor er sagte: »Du hast wirklich schlecht geträumt, Junge.«

Tim schüttelte den Kopf, obwohl er dabei auf dem Rücken lag. »Nein, das habe ich nicht, Dad. Ich habe nicht geträumt. Es ist alles so gewesen, wie ich es erlebt habe.«

»Und was hast du erlebt?«

Tim schauderte zusammen, als er flüsternd die Antwort gab. »Necroman lebt ...«

»Was bitte?«

»Ja, er lebt.«

»Wer ist Necroman?«

»Die Puppe, Dad. Das Skelett. Ich habe ihn zuerst in meinen Träumen so riesig erlebt. Davon wurde ich wach. Und dann – dann habe ich gesehen, wie er seine Sense aufgehoben hat und an mein Bett getreten ist. Ja, du wirst es kaum glauben, aber das ist wahr. Er ist zu meinem Bett gekommen.«

»Und weiter?«

»Er wollte mich töten!« Der Junge schaute Sam Baker starr an, als wollte er ihm den Willen aufzwingen. »Necroman kam auf mich zu, um mich zu töten. Er hätte mit der Sense zugeschlagen. Er hätte mich ...«

Susan war es leid. Sie hatte nur zugehört und sich zusammengerissen. Das war jetzt nicht mehr möglich. Sie schüttelte den Kopf. »Bitte, Tim bitte! Wie kannst du so etwas nur sagen? Das stimmt doch nicht, verflixt!«

»Ich habe es aber gesehen.«

Die Frau mit den dunkelblonden Lockenhaaren und dem runden Gesicht beugte sich vor. »Nein, Tim, nein, das ist unmöglich! Du hattest einen fürchterlichen Alptraum, verstehst du?«

Tim schaute der Mutter ins Gesicht. Er sah die Sorgenfalten, aber er blieb bei seiner Meinung. »Mum, du machst einen Fehler, wenn du das denkst. Ich bin wirklich völlig normal. Ich habe nicht geträumt. Ich habe das alles so erlebt, das kannst du mir glauben. Necroman lebt!«

»Tatsächlich?«

»Ja.«

»Das werden wir gleich sehen«, sagte Susan Baker entschlossen. Sie richtete sich auf, drehte sich auf der Stelle um und ging mit forschen Schritten auf die Kiste zu, in der die Puppen standen. Sie streckte den Arm aus und fand mit zielsicherem Griff die von ihrem Sohn erwähnte Puppe. Susan krallte die Hand um den Kuttenstoff. Darunter spürte sie den Widerstand des harten Gebeins, was ihr nichts ausmachte. Sie hielt Necroman hoch, damit ihr Sohn ihn genau sehen konnte.

»Da habe ich ihn«, sagte sie. »Sogar mit seiner Sense.« So kam sie auf das Bett ihres Sohnes zu.

Tim hatte alles genau gesehen und Angst bekommen. Sein Körper krampfte sich zusammen. Er sah aus wie jemand, der im nächsten Augenblick ein Loch in die Matratze bohrte, um darin zu verschwinden. Aber er mußte liegenbleiben und starrte ängstlich auf die Puppe in der Hand seiner Mutter.

Einen Schritt vor dem Bett blieb sie stehen. »Da siehst du es. Es ist nur eine Puppe. Er kann nicht gehen wie ein Mensch. Nicht mal batteriebetrieben ist er. Hast du das jetzt begriffen?«

»Er ist aber gekommen, Mutter!« Tims Gesicht verzog sich. Er sah aus wie jemand, der kurz vor dem Weinen stand.

»Lächerlich!« erklärte Susan. »Sogar seine Sense hält er noch fest. Da, die Klauen sind fest um den Griff geklammert. Ich weiß überhaupt nicht, was du hast. Ah ja, vielleicht weiß ich es schon«, korrigierte sie sich. »Es liegt einzig und allein an dieser verdammten Puppe und auch an den anderen. Sie sind nichts für dich. Sie sind einfach zu schlimm, mein Junge. Begreifst du das?«

»Ja, Mummy.«

»So«, sagte sie und nickte. »Jetzt werde ich die

Puppe wieder an ihren Platz setzen, und du wirst mir versprechen, daß du das Zeug so rasch wie möglich wieder wegschaffst. Es ist nicht gut für dich, wenn es in deinem Zimmer steht. Hast du verstanden?«

»Klar . . .«

»Dann ist ja alles geklärt.« Susan drehte sich um und stellte das Skelett wieder weg.

Sam Baker hatte geschwiegen. Nicht etwa, weil er nichts zu sagen gehabt hätte, nein, er war ein Mensch, der die Dinge anders sah. Er glaubte nicht nur an Schwarz oder Weiß, für ihn gab es noch Zwischentöne. Es konnte auch daran liegen, daß Susan als Mathematik-Lehrerin zu wissenschaftlich und logisch ausgerichtet war. Er aber lehrte Kunst und Philosophie. Da hatte er gelernt, auf andere Menschen einzugehen, und sehr oft war er dabei gut gefahren, denn die Meinung des anderen mußte immer wichtig sein.

Das Verhalten seines Sohnes glich seiner Ansicht nach nicht dem eines Träumers. Auch das Erzählen war so intensiv gewesen, als hätte er die schrecklichen Dinge nicht geträumt, sondern selbst erlebt und auch durchlitten. So etwas konnte sich auch niemand aus den Fingern saugen, und noch immer litt er unter den Nachwirkungen. So hütete sich Tim davor, einen Blick auf die Kiste zu werfen.

»Jetzt sind wir bei dir, mein Sohn, und können überlegen, was wir tun sollen.«

»Danke, Dad.«

»Die Nacht ist noch nicht vorbei. Ich denke nicht, daß du hier in deinem Zimmer bleiben möchtest.«

»Nur das nicht.«

Sam Baker lächelte. »Wärst du einige Jahre jünger, hätte ich gesagt, schlaf bei uns im Bett, so aber könntest du dich auf die alte Couch im Gästezimmer legen. Ist das ein Vorschlag?«

»Toll. Aber bitte nicht die Tür schließen. Laß sie offen, ich will auch Licht haben.«

»Sollst du bekommen.«

»Danke.«

»Und was deine Mutter über die Puppen gesagt hat, so solltest du ihrem Ratschlag folgen, finde ich. Wir werden die Puppen und auch die Kiste gemeinsam wegschaffen. Übermorgen schon, denn morgen habe ich keine Zeit. Dann schaffen wir das Zeug zu dem Trödler nach London zurück. Ist das ein guter Vorschlag?«

»Ich will die Sachen auch nicht mehr haben«, gab der Junge zur Antwort.

»Sehr gut.«

»Kann ich dann jetzt in das Gästezimmer gehen?«

»Natürlich.«

»Aber nimm dein Oberbett bitte mit«, meldete sich Susan Baker von der Tür her.

Tim hatte sich bereits aufgerichtet. Sein Vater schuf ihm Platz, damit er aus dem Bett steigen konnte. Sam merkte sehr deutlich, daß Tim es vermied, auf die Puppen und die Kiste zu schauen, er fürchtete sich wirklich davor.

Als sie das Zimmer verließen, ging Sam so, daß er seinem Sohn die Sicht auf die Kiste nahm, und der Junge war froh, den Raum verlassen zu können.

Im Gästezimmer war es kälter. Das machte Tim nichts aus. Er schaute sich beim Eintreten trotzdem vorsichtig um, was auch Susan bemerkte, die schon da war.

»Hier sind keine Monster«, erklärte sie. »Du wirst deine Ruhe haben.« Die alte Stehlampe hatte sie bereits eingeschaltet, und der Schirm aus Pergament ließ das Licht gelblich aussehen. Im Zimmer stand noch ein alter Schrank, ein Erbstück, und ein schmaler

Tisch, der als Abstellfläche für leere Blumenvasen diente.

Tim legte sich auf die Couch mit dem dunkelroten Veloursbezug. Er streckte die Beine aus, während Susan das Oberbett über seinem Körper ausbreitete.

»Wieder okay, Tim?«

»Es geht.«

»Und das Licht lassen wir brennen.«

»Das muß auch so sein. Sonst kann ich sie nicht sehen. Ich will sie auch nicht sehen.«

»Weißt du was?« sagte Sam, der sich über den abwertenden Gesichtsausdruck seiner Frau ärgerte. »Ich werde noch einmal zurück in dein Zimmer gehen und es von außen abschließen. Ist das ein Vorschlag? Dann kann niemand raus.«

»Klasse.«

»Mach dich doch nicht lächerlich«, flüsterte Susan ihrem Mann zischend zu.

»Es ist besser so, glaub mir.«

Beide verließen das Gästezimmer. Auf dem Flur erkundigte sich Susan noch einmal danach, ob Sam die Tür wirklich abschließen wollte.

»Versprochen ist versprochen, Susan.«

»Mach das. Ich gehe schon ins Bett.« Sie gähnte und ging kopfschüttelnd davon.

Sam Baker schloß die Tür und kehrte noch einmal zurück zu seinem Sohn. Tim schaute ihn an. Bevor er eine Frage stellen konnte, nickte Sam ihm zu. »Ich habe die Tür zu deinem Zimmer abgeschlossen. Jetzt ist alles in Ordnung.«

»Danke, Dad. Ich glaube dir.«

»Ist doch klar.«

Er wollte gehen, aber Tim hatte noch eine Frage, die für ihn sehr wichtig war. »Glaubst du mir denn auch?«

Sam Baker wollte lächeln, aber er konnte es nicht. So blieb er stehen und überlegte. »Ja«, sagte er nach einer Weile. »Irgendwo glaube ich dir schon.«

»Das ist gut, dann bin ich nicht mehr so allein, Dad. Aber was machen wir jetzt?«

»Da gibt es doch eine ganz einfache Lösung. Einfach den nächsten Tag abwarten. Dann sieht alles wieder ganz anders aus. Sie haben sogar Sonnenschein angesagt.«

Tim mußte lächeln. »Ich weiß ja, wie du denkst, ich denke ja auch so.«

»Na bitte.«

»Aber diesmal nicht«, flüsterte Tim seinem Vater zu. »Diesmal ist alles ganz anders. Schrecklicher und grauenhafter. Necroman wird töten, alle töten ... Ich weiß es, Vater ...«

An einer Ampel hatte ich angehalten und mich gegen die Rückenlehne gepreßt. Mir war schon aufgefallen, wie still Glenda Perkins neben mir gesessen hatte. Nun ergab sich eine gute Gelegenheit, ihr eine Frage zu stellen. »Hat es dir die Stimme verschlagen, Glenda?«

»So ungefähr«, gab sie zu.

Ich nickte. »Es war die Tat, nicht wahr?«

Glenda hob die Schultern und saugte die Luft durch die Nasenlöcher ein. »Eigentlich nicht die Tat an sich«, gab sie zu, »sondern die Art, wie sie durchgeführt wurde. Man hat den Mann doch regelrecht aufgeschlitzt. Damit komme ich nicht zurecht. Wer tut so etwas? Und welche Waffe hat er dabei benutzt? Ein Schwert?«

»Das kann sein.«

»Und niemand hat den Täter gesehen. Er ist wie ein

Spuk gekommen und wie ein Spuk verschwunden. Das soll einer begreifen.«

»Wir werden uns wohl in Geduld fassen müssen.« Ich startete, weil der Wagen vor uns angefahren war. »Ich kann mir gut vorstellen, daß es sehr schwierig werden wird, dieses Puzzle zusammenzusetzen. Wer weiß, welche Wege sich uns da noch öffnen.«

»Hast du keinen Verdacht?«

»Nein.«

Glenda wollte es nicht hinnehmen und zählte auf. »Da haben wir diesen Tim Baker, da gibt es den toten Trödler oder Hehler, und da haben wir den Kessel mit dem Weihrauch hinter uns auf dem Rücksitz stehen. Jetzt müssen wir nur noch eine Verbindung finden.«

»Du hast etwas vergessen, Glenda.«

»Was denn?«

»Die Monsterpuppen.«

»Ach so. Wie kommst du darauf?«

»Ich weiß es nicht, aber sie waren schon unheimlich.«

»Aber bestimmt keine Mörder.«

Ich hob die Schultern und schwieg.

Wir kamen nur langsam voran. London war mal wieder verstopft. Obwohl bei dem Wetter zahlreiche Londoner auf ihre Autos verzichteten, war die Stadt doch voll. Sie sah schmutzig aus. Das lag am Himmel, der aussah, als wäre er mit alter Asche bestreut worden, aber auch an den schmutzigen Schneehaufen an den Rändern der Straßen. Das Zeug wollte einfach nicht wegtauen.

Auch die Bäume in den Parks und kleineren Grünanlagen wirkten so, als wären sie gestorben. Nur wenige Blätter hingen noch im Geäst. Sie sahen aus wie halb vereiste, alte Lappen.

Glenda bewegte sich unruhiger neben mir. Ich

stellte es mit einem Seitenblick fest. Sie fuhr sich nervös durch ihr Haar und schüttelte heftig den Kopf.

»Was ist denn jetzt los?« fragte ich.

»Riechst du nichts?«

»Nein, was sollte ich riechen?«

»Die Luft ist anders geworden!« sagte Glenda mit fester Stimme. »Sie – sie stinkt.«

Ich hob die Schultern. »Das kann von draußen kommen.«

»Nein.«

Die Entschiedenheit ihrer Antwort wunderte mich. »Du meinst, aus dem Innern?«

»Ich denke schon.« Sie schnallte sich los. »Fahr du mal weiter, John«, sagte sie und drehte sich auf dem Sitz, um dorthin schauen zu können, wo der Kessel mit dem Weihrauch stand.

Zuerst gab sie keinen Kommentar ab, dann aber hörte ich ihre leise Stimme. »Der Geruch wird stärker, John ...«

»Ja, du hast recht.« Das hatte ich nicht nur einfach so dahingesagt, es war mir tatsächlich aufgefallen, daß es in unserem Wagen stank. Es war auch kein normaler Gestank, der durch das Gebläse ins Innere gelangt war, dieser Geruch war einfach anders und auf eine ganz besondere Art und Weise widerlich. Es roch nach Verwesung!

Ein Unding, das sagte ich mir auch, und ich glaubte noch an einen Irrtum, aber nicht lange, denn ich konnte den aufdringlichen Gestank nicht ignorieren.

Glenda blickte noch immer nach hinten. Sie sprach, und dabei hatte sie Mühe.

»Ja, ich sehe es jetzt. Da ist etwas mit dem verdammten Kessel passiert.«

»Was denn?«

»In seinem Innern glüht es«, flüsterte sie. »Ich kann

es deutlich durch die Löcher erkennen. Das unheimliche Rot, als lägen dort heiße Kohlen.«

»Das ist nicht möglich.«

»Doch, John, doch.« Sie hustete, und ich suchte bereits nach einem Platz, wo ich anhalten konnte, um frische Luft in den Rover zu lassen. Aber es war nicht so einfach. Ich sah nicht, wie der Rauch aus den Löchern quoll, doch ich entdeckte die Wolken im Innenspiegel, als sie in die Höhe gestiegen waren und sich unter dem Autohimmel ausbreiteten. Dabei verdichtete sich der Gestank, und jetzt mußte ich Glenda Perkins recht geben.

Es roch tatsächlich nach Moder. Nach Verwesung, nach altem Fleisch, das allmählich verging.

Meine Hände lagen am Lenkrad. Ich fuhr weiter, aber ich bekam kaum mehr mit, wohin ich den Rover lenkte. Ich tat alles automatisch, mein eigener Wille war zurückgestuft worden, und ich sah auch, daß sich der Rauch immer mehr ausbreitete und ebenfalls in meine Richtung zog, wobei sich der abnorme Gestank immer mehr verstärkte, so daß ich die Luft anhielt.

Vor uns fuhren die anderen Wagen. Rechts und links ebenfalls. Wir befanden uns auf einer breiten Straße, die nicht weit von der Themse entfernt entlangführte. Es gab keine Lücke, in die ich den Rover lenken konnte, und mir ging es von Sekunde zu Sekunde schlechter. Ich konnte noch einen Blick nach links werfen, wo Glenda nicht mehr normal saß, sondern in ihrem Sitz hing – schlaff und zugleich völlig bewegungslos.

»Luft!« keuchte ich. »Verdammt noch mal, ich brauche Sauerstoff!« Dazu bedurfte es nur einer kleinen Handbewegung. Wenn ich den Kontakt drückte, sirrte die Scheibe nach unten.

Es war nicht zu schaffen. Ich kriegte keine Hand

vom Lenkrad weg. Ich war einfach zu müde, zu schlapp und zu starr. Ich fuhr, aber ich merkte es kaum. Zudem verdichtete sich der verdammte Rauch und floß in trägen, nach Verwesung stinkenden Bahnen durch den Wagen.

In den letzten Sekunden hatte ich den Atem angehalten. Irgendwann mußte ich Luft holen. Ich mußte das Fenster öffnen oder die Tür!

Das mußte doch zu schaffen sein!

Ich schaffte es nicht. Der verdammte Qualm war Gift, ein magisches Gift, dem ich nichts entgegensetzen konnte. Glenda hatte es schon vorher erwischt. Sie konnte mir nicht mehr zur Seite stehen. Ich mußte hier allein durch und versuchte noch einmal, mich auf die Fahrerei zu konzentrieren. Meine Augen brannten, als hätte irgend jemand eine ätzende Flüssigkeit hineingeträufelt. Der Blick war längst nicht so klar, wie er hätte sein sollen. Die anderen Autos waren für mich zu einer nebliggrauen Schlange geworden, die sich immer mehr auflöste.

Wie ich.

Zwar saß ich normal hinter dem Steuer, nur nahm ich es nicht mehr bewußt wahr. Man hätte mich auch irgendwo ins Leere setzen können, es wäre mir kaum aufgefallen.

Dennoch setzte ich der anderen Kraft einen gewissen Widerstand entgegen. Ich wollte auf keinen Fall einen Unfall verursachen, hupte, fiel dabei auf die Hupe, hörte auch den Klang, allerdings gedämpft, und in diesen langen Ton hinein brandeten die Klänge der anderen Hörner.

Ich fuhr Zickzack.

Etwas schrammte an der linken Roverseite vorbei. Ich sah es nicht, registrierte nur den plötzlichen Ruck, der das Auto leicht in die Höhe hob. Durch diese

Bewegung rutschte mein Fuß vom Gaspedal, aber der Wagen rollte trotzdem noch weiter.

Nicht mehr über der Straße. Ein Gehsteig war zu seiner Fahrbahn geworden, bis plötzlich das Hindernis auftauchte. Ich sah es noch, aber es war ziemlich undeutlich.

Ein hoher, grauer Schatten, der sich aus zahlreichen Einzelteilen zusammensetzte, die sich dann aus der Schattenwand lösten und sich dem Rover entgegenbeugten.

Knackende Geräusche erwischten meine Ohren. Der schreckliche Gestank meine Nase. Der Geruch von verfaultem Fleisch umgab mich wie eine dichte Wand.

Die Augen hielt ich weit offen. Nichts war mehr zu sehen, nur dichte, graue Wolken, die jetzt eine andere Form bekamen.

Etwas löste sich aus der dichten Formation und glitt auf mich zu. Keine Wolke, etwas anderes. Es war groß, es war unheimlich, und es sah einfach schrecklich aus.

Ein Skelett, fast wie der Schwarze Tod, allerdings mit einem schmutziggelben Gerippe.

Und wie auch der Schwarze Tod schwang dieses Skelett eine gewaltige Sense . . .

Die normale Umgebung war für mich nicht mehr existent. Ich hatte keinen freien Willen mehr, es war alles ausgelöscht worden. Mein Körper und mein Geist schwammen in irgendeiner anderen Welt, die mit der normalen nichts mehr zu tun hatte.

Ich sah Dinge, die es eigentlich nicht gab. Sie mußten sich aus dem Rauch entwickelt haben, und eigentlich war es nur das gewaltige Skelett, das die Stelle der Wolken eingenommen hatte oder überhaupt aus dem Rauch entstanden war.

Es war nicht nackt. Seine blanken Knochen umgab ein Mantel oder eine Kutte. Von der Farbe her dunkel, in einem Grau oder Braun. So genau war es nicht zu erkennen.

Die Sense hatte eine sehr lange Klinge. Leicht gebogen, vergleichbar mit einem Halbmond. Das Metall gab ein eiskaltes Schimmern ab, düster und gefährlich.

Ich konnte nichts tun. Ich hockte auf der Stelle. Ich war gelähmt. Der giftige Qualm hatte meine eigenen Gedanken zurückgedrängt, so daß ich gezwungen war, nur das Fremde wahrzunehmen. Darauf konzentrierten sich auch die als Rest verbliebenen Gedanken. Sie schmolzen zusammen mit den Eindrücken. Seltsamerweise überkam mich keine zu große Angst. Ich erinnerte mich wieder an den toten Trödler und daran, wie ich ihn gefunden hatte.

Rücklings über dem kleinen Schreibtisch liegend. Mit einer riesigen Wunde auf der Vorderseite. Er war aufgeschlitzt worden. Wir hatten uns darüber Gedanken gemacht, und ich sah jetzt das Schimmern der verdammten Sense.

Da wußte ich Bescheid!

Es war die Sense gewesen, die Marty Lambert getötet hatte. Die gleiche Sense, die nun so dicht vor meinem Kopf schwebte und von knöchernen Armen in die Höhe gerissen wurde.

Das Skelett holte zu einem tödlichen Schlag aus.

Nichts bewegte sich im Knochengesicht. Leere Augenhöhlen, ein offener Mund, die offene Stelle im Gebein, wo früher einmal die Nase gesessen hatte.

Hier stimmte alles.

Auch der Schlag.

Ich hörte das Sausen des Metalls, konnte mich nicht bewegen, und das gekrümmte Blatt fegte als schimmernder und sehr kalt wirkender Blitz auf mich zu.

Lichtblitze sprühten plötzlich auf. Ich bekam den Hitzestoß auf meiner Brust mit, und ich sah, wie der Knochenkörper zusammen mit der Waffe in die Höhe geschleudert wurde. Hinein in den dichten Rauch, nein, nicht hinein, denn das Skelett selbst war es, das diesen Rauch produzierte.

Es hatte sich kurzerhand aufgelöst. Seine Knochen waren weggeflogen und zu staubigen Wolkenschleiern geworden, die sich vor meinen Augen auflösten.

Jemand schrie mir etwas ins Ohr. Zugleich erfaßte mich ein Schwall kalter Luft von der Seite her.

»Scheiße, wie stinkt es denn hier?« rief eine Frau. »Das ist ja widerlich.«

Jemand rüttelte an meinen Schulter. »He, Mister, kommen Sie wieder zu sich!«

Ich nickte.

Ja, ich konnte mich auf einmal wieder bewegen und hätte darüber jubeln können.

Sehr langsam drehte ich den Kopf.

Ein anderer sagte: »Ich habe die Frau. Die ist auch noch völlig von der Rolle.«

»Kein Wunder, bei dem Gestank.«

Ich hörte alles, reagierte aber nicht darauf. In meinem Kopf war noch nicht alles so, wie es hätte sein sollen. Ich brauchte Zeit, um wieder der alte zu werden.

Die kalte Luft blieb. Auch an der anderen Seite stand die Tür jetzt offen. Der Durchzug tat mir gut. Ich bekam auch mit, daß Glenda bereits den Wagen durch die fremde Hilfe verlassen hatte, draußen stand, aber von zwei Passanten gestützt wurde.

Dann war ich an der Reihe.

»Hilf mir doch mal«, sagte jemand. »Der Typ ist schwerer als die Frau.« Zu zweit faßten mich die Männer an und sorgten dafür, daß ich aus dem Fahrzeug geschleift wurde.

Ich wollte mich nicht so behandeln lassen wie ein Kleinkind. »Verdammt, es geht schon!« keuchte ich. »Lassen Sie mich, ich kann es allein.«

»Von wegen!«

Ich wurde gezogen und reagierte jetzt normal, denn ich fing an zu laufen. Die Beine hatten den Wagen bereits ›verlassen‹, der Kontakt mit dem harten Boden war da. Ich schaute nach unten und sah kein Pflaster unter meinen Füßen, sondern einen grauen, hart gefrorenen Boden, etwas starr, wellig, aber auf keinen Fall weich.

Irgendwo in den Tiefen meines Gehirns erfaßte ich die Zusammenhänge. Ich war mit dem Rover von der Straße abgekommen, in einem Park gelandet, auf einer Grünfläche, so ähnlich hatte es sein müssen.

Dann zog man mich hoch, stellte mich hin, und damit rissen auch die Gedanken wieder ab. Ich schnappte jetzt nach Luft. Nach frischer Luft, obwohl man sie hier in London nicht leichtfertig so bezeichnen konnte, aber im Vergleich zu den stinkenden Wolken war sie der reinste Balsam.

»Er atmet ja schon wieder«, sagte der Hauptsprecher. Er stand rechts neben mir, und ich drehte ihm den Kopf zu.

Der Mann trug eine Fellmütze, eine Lederjacke und machte mir den Eindruck eines Taxifahrers. In der Tat sah ich nur einige Schritte von mir entfernt einen entsprechenden Wagen ebenso quer stehen wie meinen Rover.

Ich nickte dem Mann zu, stöhnte dabei und wischte über mein Gesicht hinweg.

»Was war denn mit Ihnen los, Mister? Himmel, in Ihrem Wagen hat es gestunken wie in einer Gruft, wo zahlreiche Leichen verwesen. Was haben Sie nur geladen?«

»Nichts«, sagte ich.

»Doch, auf dem Rücksitz . . .«

»Meiner Begleiterin und mir ist es plötzlich schlecht geworden«, erklärte ich. »Ich konnte nicht mehr lenken, so bin ich . . .« Ein Hustenanfall unterbrach den Satz. »Hab ich einen Unfall verursacht?«

»Nein, die anderen Fahrer haben toll reagiert. Ich war direkt neben Ihnen. Sie sind von der Straße abgekommen und auf den Gehsteig gefahren. Aber sehen Sie selbst.«

»Das tat ich auch und schaute an dem Taxifahrer vorbei. Ich blieb auf den Beinen, auch wenn ich mich noch wacklig fühlte. Dann sah ich, was passiert war.

Der Rover hatte zum Glück keine Menschen erwischt. Dafür war er in die starren und hart gefrorenen Zweige einer breiten Buschgruppe hineingefahren. Er hatte sie gedrückt, gebogen und auch zerknickt, aber sie waren immerhin so stark gewesen, daß sie den schwarzen Rover schließlich hatten stoppen können. Hinter der Buschgruppe lag ein kleines Rasenstück. Erst dann führte ein Fußgängerweg parallel zum Fluß, aber so weit war ich zum Glück nicht gekommen.

»Die Polizei wird auch gleich hier sein«, erklärte der Taxifahrer.

Ich winkte matt ab. »Das ist nicht weiter tragisch.« Dann drehte ich mich um, weil ich wissen wollte, was mit Glenda geschehen war. Sie stand näher an der Straße. Eine Frau war bei ihr und hielt sie fest. Die Frau mußte aus dem roten Opel Omega gestiegen sein, der mit eingeschalteter Warnblinkanlage am

Randstein parkte. Sie redete auf Glenda ein, die wohl zuhörte, aber selbst keine Antwort gab. Jedenfalls sah sie alles andere als gut aus. Ihr Gesicht war blaß, die Augen wirkten leblos. Sie hustete einige Male, ihr Körper schüttelte sich dabei. Sie würgte auch, aber sie brauchte sich nicht zu übergeben.

Als ich zu ihr ging, hob sie den Kopf. Noch immer sehr fahl im Gesicht, versuchte sie es mit einem Lächeln. »John, was ist da eigentlich genau passiert?«

»Das kann ich dir auch nicht sagen.«

»Ich erinnere mich an den Weihrauchkessel. Dort ist das Zeug hervorgeströmt. Ich habe den Rauch gesehen, wie er sich durch die Öffnungen an der Seite drückte. Und ich habe ihn gerochen. Weißt du, wie der gestunken hat?«

Ich nickte.

Glenda wollte es trotzdem sagen. »Ich bin mir vorgekommen wie in einem Krematorium, wo man die Leichen verbrennt und vergessen hat, den Abzug einzuschalten.«

»Der Vergleich hinkt nicht mal«, sagte ich. »So ähnlich war es auch bei mir.«

»Dann war es plötzlich vorbei«, flüsterte sie. »Ich kam mir vor, als wäre mir der Kopf zerrissen worden. Ich sah nichts mehr, gar nichts, nur dieses Grau . . .«

»Wolken?« fragte ich sie.

»Ja, so ähnlich.«

»Und du hast keine Gestalt darin gesehen?«

»Welche Gestalt denn?«

»Ein übergroßes Skelett, aber nicht dunkel wie der Schwarze Tod, sondern normal. Nur eben sehr groß und von einer schwarzen Kutte bis auf wenige Ausnahmen bedeckt.«

»Nein, John, das habe ich nicht gesehen. Nur diesen dunklen Rauch, ich meine die Wolken und . . .«

»Wovon reden Sie überhaupt?« fragte die Frau neben Glenda. Sie hatte sehr genau zugehört und schüttelte jetzt den Kopf. »Das ist ja kaum zu fassen. Skelette, Wolken, wie auch immer. Sind Sie – sind Sie etwas durcheinander?«

»So ähnlich, Madam. Dieser Geruch hat uns geschafft. Er war wirklich schlimm.«

»Das glaube ich Ihnen sogar. Selbst ich habe etwas von ihm mitbekommen, als ich die Tür öffnete.«

Ein Streifenwagen kam angerast und stoppte vor uns. Zwei Männer stiegen aus. Einer der Kollegen kümmerte sich um den Verkehr. Er leitete ihn um den Wagen der Frau herum, damit sich der inzwischen gebildete Stau schneller auflöste.

Ich winkte den Beamten zu mir. Bevor er nähere Erkundigungen einziehen konnte, wies ich mich aus. Der junge Mann bekam große Augen und wollte wissen, ob wir einen dienstlichen Einsatz gefahren hatten.

»So ungefähr«, sagte ich. »Aber Sie können mir einen Gefallen tun. Wir müssen weiter. »Fahren Sie als Eskorte voraus, oder besser noch, fahren Sie hinter uns her. Dann können Sie schnell erkennen, falls ich nicht so wie andere Autofahrer reagiere.«

»Geht es Ihnen denn schlecht?«

»Ja, mir war übel geworden.«

»Dann sollten Sie überhaupt nicht fahren. Das kann ja der Kollege übernehmen. Wo soll es hingehen?«

»Scotland Yard.«

»Gut, das ist nicht mehr weit. Wenn Sie einverstanden sind, Sir, sage ich Bescheid.«

»Danke, tun Sie das.« Der Mann ging. Zu Glenda gewandt, sagte ich: »Es ist wirklich besser, wenn wir uns etwas erholen können. Man weiß nie, was noch kommt.«

»Und den Kessel nehmen wir mit?«

»Darauf kannst du dich verlassen.«

Glenda schüttelte den Kopf. »Ich habe ihn mir vorhin angesehen, John.«

»Und was hast du herausgefunden?«

»Du wirst lachen, aber er ist wieder normal geworden. Ja, das Ding ist normal. Nichts glüht mehr in seinem Innern. Es dringt überhaupt kein Rauch hervor.«

»Wenn du eine Erklärung haben willst, Glenda, muß ich passen, aber ich bin sicher, daß wir noch herausfinden, was mit dem Kessel geschehen ist.«

»Das hoffe ich stark.«

Der Kollege kehrte zu uns zurück. »Es ist alles klar«, sagte er. »Ich werde Ihren Wagen fahren.«

»Gut, nur einen Moment noch.« Ich bedankte mich bei dem Taxifahrer für seine Hilfe. Auch der Frau, die Glenda geholfen hatte, galt unser Dankeschön.

Diesmal nahm ich auf dem Rücksitz Platz. Der Gestank nach Verwesung war noch immer nicht verschwunden, aber er ließ sich ertragen, wenn für leichten Durchzug gesorgt war.

Auch mir ging es wieder besser, und der würgende Kloß im Hals würde auch bald verschwinden.

Blieben der Kessel und die Gestalt des riesigen Skeletts mit der Sense. Beide gaben uns weiterhin Rätsel auf ...

»Und du bist sicher, daß du diese Horror-Erscheinung auch gesehen hast?« fragte mich Suko.

»Völlig sicher.«

Er hob die Schultern.

»Was hattest du denn angenommen?« erkundigte sich Glenda. »Daß wir spinnen und John vielleicht noch stärker?«

»Nein, das nicht. Es ist nur komisch für jemanden,

der nicht dabei war so wie ich.« Suko schaute zu, wie ich Wasser in ein Glas kippte. Erst als ich getrunken hatte, fragte er: »Kann es eine Halluzination gewesen sein, John?«

»Das weiß ich nicht. Es ist schwer zu sagen. Ich würde eher nicht daran glauben.«

»Warum nicht?«

Ich überlegte mir die Antwort genau. »Eine Halluzination kann zwar auch schrecklich sein, bei mir allerdings hatte ich den Eindruck, als wäre es ein echtes Geschehen gewesen. Denn das Skelett, das sich aus dem Rauch hervorquälte, besaß eine Waffe, eben die Sense, und es war auch bereit, diese Waffe einzusetzen. Im Klartext heißt das: Es hatte ausgeholt, um nach mir zu schlagen.«

»Aber es hat nicht getroffen«, sagte Glenda.

»Nein.«

Suko reckte sein Kinn vor. »Und warum nicht? Warst du zu schnell? Konntest du ausweichen?«

Ich winkte ab. »Nichts von alldem, Suko. Es ist erst gar nicht soweit gekommen. Das Skelett hatte ausgeholt. Es hat auch zugeschlagen. Bevor mich die Sense allerdings erwischte, entstanden plötzlich die zahlreichen Lichtblitze, die mich umflorten und auch gegen die Waffe stießen. Sie hinderten das Skelett daran. Es wurde zurückgeworfen und hinein in den Rauch gefegt.«

»Das war alles?«

»Mir hat es gereicht.«

»Klar, John, klar. Ich denke nur daran, was dich gerettet haben könnte.«

»Das liegt auf der Hand. Vielmehr auf meiner Brust. Es ist das Kreuz gewesen. Es hat von sich aus gehandelt. Ich muß mich bei ihm bedanken. Ein Schutzengel.«

»Daran hatte ich auch schon gedacht«, gab mein Freund zu. »Ich wollte nur einmal noch deine Meinung dazu hören. Aber der Schwarze Tod war es nicht? Da bist du dir sicher?«

»Hundertprozentig. Es sei denn, er hätte seine Knochen gelblich eingefärbt. Daran kann ich nicht glauben. Das ist eine andere Gestalt gewesen und auch mit einem anderen Namen, den wir leider nicht kennen. Außerdem habe ich dieses Monstrum noch nie zuvor zu Gesicht bekommen. Ich rechne auch nicht mit einem Dämon aus der Vergangenheit. Er oder es ist neu.«

»Und ich habe die Erscheinung nicht gesehen«, erklärte Glenda. »Darüber kann ich mich nur wundern. Ich weiß selbst nicht, weshalb nur John so wichtig war ...«

»Denk nicht darüber nach, Glenda. Du hast eben Pech gehabt, dich in meiner Begleitung befunden zu haben.«

»Sehr richtig. Da sieht man mal wieder, daß es gar nicht gut ist, wenn wir zusammen weggehen.«

Ich mußte lachen, aber es klang nicht gut. Zu stark war der Druck, zu viele Fragen nach dem Woher und dem Warum beschäftigten uns noch, aber wir würden versuchen, die Antworten darauf der Reihe nach zu finden. Beginnen wollten wir mit dem Weihrauchkessel, den wir mit hoch in unser Büro genommen hatten. Er hatte seinen Platz auf einem der beiden sich gegenüberstehenden Schreibtische gefunden und wirkte dort völlig deplaziert.

Glenda Perkins saß an der Schmalseite der beiden Schreibtische und konnte ihn ebenfalls sehen. Sie ließ ihn auch nicht aus den Augen. Ihre Brauen hatten sich zusammengeschoben. Der Mund war leicht verzogen. Noch immer war der Gestank nicht völlig verschwunden. Er hatte sich in dem Material des Kessels festgesetzt. Sicher war, daß er aus Metall bestand. Er war auch recht schwer, deshalb tippte ich auf Eisen, das allerdings im Laufe der Zeit ›Patina‹ angesetzt hatte, denn auf dem Metall lag eine rötlichbraune Kruste aus Rost. Ebenfalls auf der Kette.

Noch war der Kessel geschlossen. Er bestand aus zwei Hälften, die zusammengesetzt worden waren und sich durch den Rost nicht so leicht lockern ließen.

Ich hatte nichts dagegen, daß Suko den Kessel anfaßte und ihn zu sich herüberzog. »Dann wollen wir doch mal sehen, ob wir das Ding nicht aufbekommen«, sagte er und klemmte die untere Hälfte des Kessels zwischen seine Beine, ohne auf die Hose Rücksicht zu nehmen.

»Gib nur acht«, warnte ich ihn.

Suko grinste mich über den Schreibtisch hinweg an. »Ich glaube kaum, daß dort ein Dschinn rauspufft.«

»Man kann nie wissen.«

Suko nahm beide Hände zu Hilfe. Er legte sie auf den oberen Teil und faßte so gut wie möglich zu. Außerdem gab er den entsprechenden Druck, während er den unteren Teil noch immer zwischen den Beinen festgeklemmt hielt.

Dann drehte er die obere Hälfte nach links. Vielmehr versuchte er es, und wir warteten auf das entsprechende Kratzen, das unweigerlich entstehen würde, wenn sich das Teil drehte.

Noch passierte nichts.

Suko war konzentriert. Sein Gesicht angespannt, aber er ging auch vorsichtig zu Werke. Er konzentrierte seine Kraft, weil er auf keinen Fall etwas zerstören wollte.

Dann hörten wir das leise Knirschen.

Rost rieselte an der Schnittstelle herab und fiel auf

den Boden. »Jetzt packe ich es!« flüsterte Suko scharf. Er drehte weiter, die für unsere Ohren unangenehmen Geräusche blieben bestehen, und als Suko leise auflachte, wußten Glenda und ich, daß er es geschafft hatte. Er stellte den Kessel zurück auf den Schreibtisch, atmete tief durch und mußte auch den Schweiß von seiner Stirn wischen, denn es war schon anstrengend gewesen.

»Mach du den Rest, John.«

Ich zog den Kessel zu mir heran. Wie nebenbei hörte ich das leise Klingeln der Kette, dann stand das Gefäß direkt vor mir. Ich brauchte nur die Hände auf die obere Hälfte zu legen, etwas zu drehen, dann hielt ich das Teil fest und legte es neben die andere Hälfte, bevor ich einen ersten vorsichtigen Blick in das Gefäß warf.

Auch Glenda und Suko wollten sich den Inhalt anschauen. Sie waren aufgestanden und beugten sich dabei über den Schreibtisch hinweg, aber der erste Blick war für uns alle enttäuschend.

Glenda sprach das aus, was Suko und ich dachten. »Asche.« Sie lachte überdreht. »Nur graue Asche.«

»Hast du mit einem anderen Inhalt gerechnet?« fragte ich sie.

»Ich weiß es nicht genau«, sagte Glenda. »Aber etwas enttäuscht bin ich schon.«

Suko deutete auf den Kessel. »Ich kann mir nicht vorstellen, daß es die normalen Beigaben sind, aus denen man den Weihrauch produziert. Das hier ist etwas anderes.«

»Sieht aus wie ein verbrannter Rest«, sagte Glenda. »Aber wer ist da verbrannt?«

»Möglicherweise ein Dämon«, antwortete ich, obwohl ich davon nicht ganz überzeugt war. »Ein Dämon, dessen Gestalt früher ein Skelett gewesen ist.

Man hat die Asche gesammelt, sie in diesen Kessel gefüllt und dabei nicht bedacht, daß sich die Kräfte dieser Gestalt konserviert haben. So nur kann ich mir das vorstellen, was ich auf der Fahrt gesehen habe. Da fing die Asche an zu glühen. Sie sonderte den Rauch ab, aus dem sich schließlich dieses mächtige Skelett entwickelt hat.« Ich schaute beide an. »Das ist meine Theorie. Wer von euch hat eine bessere?«

»Ich nicht«, sagte Glenda.

Suko meinte: »Mach weiter.«

»Wie hast du dir das vorgestellt?«

»Ganz einfach. Du wirst die Asche doch nicht nur Asche sein lassen wollen . . .«

»Sondern?«

»Ich kann mir vorstellen, daß du sie überprüfen möchtest. Untersuchen, analysieren, wie auch immer. Aber nicht im Labor, dafür mit unseren Methoden.«

»Mit dem Kreuz?«

»Zum Beispiel.«

Der Gedanke war mir auch gekommen. »Hat mal jemand ein großes Blatt Papier?« fragte ich.

Suko öffnete eine Schreibtischschublade und holte es hervor. Er schob mir das weiße Blatt zu, das ich dann neben den Kessel legte, bevor ich das Gefäß mit beiden Händen umfaßte und es behutsam nach rechts kippte, wo auch das Blatt lag.

Am oberen Rand des Unterteils waren ebenfalls Löcher in das Material gestanzt worden. Normalerweise sickerte dort der Qualm hervor. Diesmal nicht. Jetzt rieselte die Asche aus den Öffnungen und verteilte sich auf dem Blatt.

Ich kippte noch ein wenig mehr hinzu, so daß die Asche einen kleinen Hügel bilden konnte, dann stellte ich den Kessel wieder zur Seite, wo er nicht störte.

Die Asche hatte die Farbe einer Maus. Einen Knochen oder etwas anderes entdeckten wir nicht darin. Hier war jemand verbrannt, bis aufs letzte Haar. Ich wagte es und tauchte die Spitze des rechten Zeigefingers in die weiche Asche.

Fast wie Staub fühlte sie sich an. Gut, daß wir keinen Durchzug hatten.

Glenda war auf ihrem Stuhl nahe an den Schreibtisch herangerutscht und hielt den Kopf gesenkt. »Und jetzt das Kreuz, John«, flüsterte sie. »Du mußt es nehmen.«

»Mach ich gleich.« Ich fummelte im Nacken bereits an der Kette herum. Sie zog ich hoch, und das Kreuz machte diese Bewegung natürlich mit. Schon sehr bald lag es frei. Ich ließ es noch auf meiner Hand liegen und beobachtete die Asche.

Zwar befand sich das Kreuz in ihrer Nähe, aber mit ihr geschah nichts. Sie glühte auch nicht auf und schickte diesen widerlich stinkenden Qualm durch das Zimmer. Die grauen Reste blieben völlig normal. Das aber änderte sich, als ich das Kreuz zuerst in die Nähe und dann direkt bis an die Asche heranführte. Es kam zur ersten Berührung, und die war auch zu sehen.

Plötzlich funkte es in dem kleinen Aschehügel auf. Es sah so aus, als wären zahlreiche kleine Partikel dabei zu verbrennen, und sie funkten dabei wie eine Wunderkerze. Mir kam es so vor, als hätte das Kreuz der anderen Magie die Kraft genommen.

Überall funkte es jetzt. Wir selbst waren still, so daß wir die knisternden Laute hören konnten, aber mehr geschah nicht. Irgendwann ließen die Aktivitäten nach, dann lag wieder der normale Aschehaufen auf dem Blatt Papier.

»Das ist es gewesen«, sagte ich und legte das Kreuz zur Seite. »Noch irgendwelche Fragen?«

»Viele«, gab Suko murmelnd zu. »Ich befürchte nur, daß wir keine Antwort darauf finden werden.«

»Das befürchte ich auch.«

Glenda schüttelte den Kopf.

»Ich kann nur raten, was passiert ist. Solltest du diesem Rest durch den Einsatz des Kreuzes die Magie geraubt haben?«

»Das ist durchaus möglich.«

»Gut, dann nimm dir auch noch das andere Zeug vor.«

»Nein!«

»Warum nicht?«

»Weil ich das mitnehmen werde. Ich habe den Namen Tim Baker nicht vergessen, und ich denke, daß es eine bessere Spur ist.«

»Nicht so voreilig«, sagte Suko. »Wir wissen nicht mal, wo wir diesen Tim Baker suchen sollen. London ist verdammt groß, und es wird hier unzählige Bakers geben.«

»Das ist leider wahr.«

»Sonst hast du keinen Hinweis?«

Ich schüttelte den Kopf. Glenda war bereits dabei, sich zu erheben. »Ich gehe mal nach nebenan und befrage meinen Freund, den Computer. Vielleicht spuckt der etwas aus. Jedenfalls werde ich alle Bakers hier in London heraussuchen können.«

»Gut.« Ich nickte ihr zu. »Wir kommen gleich nach.«

Als Glenda die Tür hinter sich geschlossen hatte, zog ich das Blatt mit seinem grauen Inhalt vorsichtig zu mir heran, hob es hoch und kippte es leicht.

Die Asche rieselte wieder zurück in das Gefäß und vermengte sich dort mit der anderen, ohne daß etwas geschah.

Da Suko so seltsam grinste, wußte ich, daß er sich

mit bestimmten Gedanken beschäftigte. »Was bereitet dir eine so große Freude?« fragte ich ihn.

»Mich würde wirklich interessieren, was geschieht, wenn wir das Zeug anzünden.«

»Wir?« Ich schüttelte den Kopf. »Nein, das auf keinen Fall. Auch im Rover brauchten nicht wir dafür zu sorgen. Es entzündet sich von allein. Wirklich, es entzündete sich von allein – und sonderte den Leichengeruch ab.«

»Wie war das möglich?«

»Kann ich dir beim besten Willen nicht sagen.«

»Dann müssen wir davon ausgehen, daß wir unter Beobachtung stehen. Wer sich auch immer irgendwo versteckt hält, er führt uns an der langen Leine und kann die Asche beeinflussen.«

»Das mächtige Skelett.«

»Es ist aber nicht seine Asche, John.«

»Warum nicht?«

»Weil die Knochen oder weil das Gerippe noch vorhanden sind. Normalerweise wäre es doch mit verbrannt, finde ich. Oder hast du eine andere Theorie?«

»Nein«, gab ich zu. Verdammt, Suko hatte recht. Damit fiel meine Theorie in sich zusammen. Ich war für einen Moment sauer, aber ich dachte auch weiter nach und bastelte an einer neuen Möglichkeit. »Die Knochen müssen nicht unbedingt verbrannt sein. Möglicherweise ist diese Asche einmal Haut, Fleisch, Sehnen und Blut gewesen. Da haben eben nur die Knochen dem Feuer widerstanden, meinetwegen.«

»Feuer kann natürlich sein«, gab Suko zu. »Aber wer hat das getan? Und wie lange liegt das zurück?«

»Das müssen wir herausfinden.«

Suko rollte mit seinem Stuhl zurück, bis ihn die Wand stoppte. »Da haben wir was vor uns.«

»Und ob.« Ich hatte das Oberteil genommen und

drehte es wieder fest. »Jedenfalls nehmen wir diesen Kessel mit, wenn wir diesem Tim Baker einen Besuch abstatten.«

»Falls wir ihn finden!«

»Das müssen wir einfach. Hier bahnt sich etwas an, und ich weiß nicht, was daraus noch alles entstehen kann, aber der eine schrecklich zugerichtete Tote reicht mir. Ich will nicht noch mehr haben, und ich will auch nicht noch mal in den Dunstkreis des Skeletts hineingeraten. Das war nicht angenehm.«

Glenda Perkins öffnete die Tür, betrat unser Büro aber nicht, sondern blieb auf der Schwelle stehen, eine Hand noch um die Klinke gelegt. Wir sahen schon ihrem Gesicht an, daß sie höchstens einen Teilerfolg erzielt hatte.

»Habt ihr Zeit?« fragte sie.

»Wie lange?«

»Sehr lange, John.«

»Dann hast du die Namen?«

Glenda nickte. »Klar, und du kannst dir kaum vorstellen, wie viele Bakers es in London gibt. Und es sind nicht wenige, die den Namen Tim führen. Der Computer lügt nicht. Ich kann dir die Namen auch ausdrucken lassen, wenn du willst.«

»Wollen wir?« fragte ich Suko.

Der Inspektor stöhnte auf. »Das wird eine Heidenarbeit, verdammt noch mal.«

»Das kannst du laut sagen.«

»Ihr könnt es euch ja überlegen«, sagte Glenda. »Ich hole inzwischen den Kaffee.«

Sie schloß die Tür wieder und ließ uns zurück. Ich starrte auf den Kessel, aber auch er konnte mir keine Antwort auf meine drängenden Fragen geben. Glenda hatte recht behalten.

Wenn wir jeden Baker überprüfen wollten, waren

wir tage-, wenn nicht wochenlang damit beschäftigt. So ging das nicht.

Glenda erschien mit dem Kaffee. Die Kanne und die Tassen standen auf einem Tablett. Als sie es abstellte, fragte sie: »Habt ihr noch immer keine Idee?«

»Nein, haben wir nicht«, gab ich zu.

Sie schenkte ein. »Dann bleiben wohl nur die Namen übrig, denke ich mal.«

Ich hob die Schultern. Dann zog ich die Tasse mit der braunen Brühe in meine Nähe.

»Oder«, sprach Glenda weiter, »du hängst dich ans Telefon und rufst Tanner an.«

Ich stutzte. »Tanner? Wieso? Wie kommst du denn plötzlich auf ihn?«

»Er leitet schließlich die Ermittlungen im Mordfall Lambert.« Sie setzte sich wieder hin. »Muß ich dir denn sagen, wie pingelig Tanner manchmal ist?«

»Nicht nur manchmal, immer.«

»Das meine ich auch. Die werden das Büro und den Laden auf den Kopf gestellt haben. Versuch, ob du ihn kriegst. Vielleicht hat er mehr über diesen Tim Baker herausgefunden.«

Ich schaute Glenda an wie einen Engel, der auf die Erde gekommen war, um mir die Erleuchtung zu bringen. »Weißt du eigentlich, was das für eine tolle Idee ist?«

»Das brauchst du mir nicht zu sagen«, erklärte sie spitz. »Ich weiß Bescheid. Hin und wieder muß man nur mal intensiv nachdenken, dann findet man eine Spur.«

»Wobei nicht gesagt ist, daß wir bei Tanner tatsächlich Glück haben«, meldete sich Suko.

Glenda regte sich auf. »Sei doch nicht so destruktiv.«

»Das bin ich gar nicht.«

»Egal«, sagte ich und hob bereits den Hörer ab. »Ich rufe ihn an.« Wichtige Nummern waren gespeichert, so auch die von unserem Freund, dem Chief Inspector Tanner, bei dem es dreimal klingelte, bevor abgehoben wurde.

Leider war es nicht Tanner, sondern einer seiner Männer, der mir erklärte, daß sich der Chef noch am Tatort befand.

»Haben Sie seine Handy-Nummer?«

»Die habe ich, Mr. Sinclair. Aber machen Sie sich darauf gefaßt, daß der Chef sauer reagiert, wenn Sie ihn über Handy anrufen. Er mag die Dinger nämlich nicht und akzeptiert nur den Notfall.«

»Wer mag schon Handys?« sagte ich und schrieb mir die Zahlen auf, die mir durchgegeben wurden. Ich bedankte mich noch und wählte den Apparat des Freundes an. Auch dort ließ man sich mit dem Abheben Zeit. Als sich Tanner meldete, hörte ich am Klang seiner Stimme, daß mir nicht zuviel versprochen worden war.

»Jetzt sei mal ganz ruhig und reg dich nicht auf, Tanner!« erklärte ich zur Begrüßung. »Ich hätte nicht angerufen, wenn es nicht so dringend gewesen wäre.«

»Was ist los? Wir haben heute Samstag. Ich habe Wochenenddienst und . . .«

»Wir auch. Sogar Glenda war im Büro, und Suko ist ebenfalls gekommen.«

»Und wo brennt der Busch?«

»Überall im Moment. Aber du könntest uns unter Umständen dabei helfen, das Feuer zu löschen.«

»Okay, laß hören, John.«

Ich erklärte ihm das Problem und brauchte nicht viel zu sagen, denn Tanner war ein Mensch, der rasch begriff und mich auch unterbrach, als er den Namen Baker hörte.

»Ja, den haben wir gefunden.«

»Toll. Weißt du mehr?«

»Nein. Aber wir entdeckten eine Kundenkartei, die in einem Safe versteckt lag. Lambert war ein Hehler und scheint mit verdammt heißer Ware gehandelt zu haben. Wir haben auch uns bekannte Namen in der Liste gefunden, die sorgsam nach dem Alphabet geordnet worden war, und da stand der Name Baker direkt an zweiter Stelle, deshalb erinnere ich mich an ihn. Er wird wohl normale und heiße Kundschaft miteinander vermischt haben.«

»Hast du die Adresse?«

»Sicher.«

»Dann her damit!«

»Moment, die muß ich noch besorgen.«

»Ich warte auch eine Stunde.«

»Oh, dann sitzt du wirklich auf dem Trockenen.«

»Das kann man sagen.«

»Ich lasse das Ding hier eingeschaltet, während ich suche.«

»Ist okay.«

Über den Lautsprecher hörten wir in den folgenden Sekunden die Stimmen der Mitarbeiter. Aber Tanners Organ übertönte alle. Er brachte seine Leute auf Trab und meldete sich bald wieder zurück, dann mit einem zufriedenen Unterton.

»Hier haben wir es. Tim Baker. Wohnhaft in Leyton. Carvin Street Nummer sieben.«

»Leyton«, wiederholte ich, »das liegt ...«

»... im Norden Londons, schon an der Stadtgrenze. Dort beginnt die Kanal- und Seenlandschaft. Ich meine, die künstlichen Seen und Wasserreservoire.«

»Kennst du dich dort aus?«

»Ein wenig. Meine Frau hat dort Verwandtschaft wohnen.«

»Wie nett.«

»Ist zum Glück nur entfernte Verwandtschaft. Willst du noch etwas wissen?«

»Wenn es geht, die Telefonnummer.«

Tanner stöhnte auf. »Du bist auch mit nichts zufrieden. Aber du sollst sie haben.«

Ich notierte sie und erklärte Tanner, welch großen Gefallen er mir getan hatte.

»Bringt es dich tatsächlich weiter?«

»Ich hoffe es. Und wie sieht es bei dir aus? Hat man schon herausgefunden, mit welch einer Waffe Marty Lambert getötet wurde?«

»Nicht direkt, aber der Arzt meinte, sie müßte schon sehr ungewöhnlich gewesen sein.«

»Wie eine Sense?«

Tanner zischte die Luft durch die Zähne und dann hinein in das Handy. »Verdammt, wie kommst du darauf?«

»Intuition.«

»Das hat der Arzt nicht ausgeschlossen.«

»Okay, wir bleiben jedenfalls am Ball.«

»Gut.«

Ich legte den Hörer auf, lachte und schlug mit den flachen Händen auf den Schreibtisch. »Glenda, du darfst dir etwas wünschen. Das war eine tolle Idee.«

»Ja, ich wünsche mir auch was.«

Damit brachte sie mich aus der Fassung. »Und was, wenn ich fragen darf?«

»Daß es in deinem Wagen nicht mehr stinkt, John. Nicht mehr und nicht weniger.«

»Das ist wirklich bescheiden.« Ich nickte ihr zu und sagte: »Dann wollen wir mal in Leyton bei den Bakers anrufen. Ich bin gespannt, was wir da zu hören bekommen.«

Es war jemand zu Hause, denn nach dem dritten

Durchläuten meldete sich eine nicht unsympathisch klingende Männerstimme. »Ja, hier Baker.«

»Tim Baker?« fragte ich.

»Nein, Mister. Ich bin Sam Baker. Tim ist mein Sohn. Aber wer sind Sie?«

»John Sinclair.«

»Der Name sagt mir leider nichts.«

Wenig später wußte er, mit wem er es zu tun hatte, und ich hörte ihn heftig atmen. »Sie brauchen sich nicht zu beunruhigen, ich habe nur einige Fragen an Ihren Sohn.«

»Um was geht es denn?«

»Nichts gegen Sie, Mr. Baker, aber das möchte ich gern mit Tim persönlich besprechen. Ich kann Ihnen allerdings sagen, daß er nichts Ungesetzliches getan hat.«

»Das nehme ich doch stark an, Mr. Sinclair. Nur können Sie leider nicht mit Tim sprechen, denn er ist nicht da. Er wollte einen Freund besuchen, glaube ich.«

»Wissen Sie, wann er zurückkommt?«

»Er hat seine Sporttasche mitgenommen. Das kann dauern. Soll ich ihn suchen?«

»Nein, Mr. Baker, das ist nicht nötig. Wir kommen persönlich zu Ihnen nach Leyton.«

Das überraschte ihn doch sehr. »Da scheint es bei Ihnen aber zu drängen, habe ich den Eindruck.«

»Der ist nicht verkehrt.«

»Sie können oder wollen mir keinen Tip geben?«

»Besser nicht.«

»Gut, da kann man dann wohl nichts machen. Unsere genaue Anschrift haben Sie?«

»Die liegt vor.«

»Wir erwarten Sie dann, Mr. Sinclair ...«

Das Wissen über das monströse Traumskelett hing wie eine unsichtbare schwere Last über dem Kopf des Jungen. Daß er seine Erlebnisse auch am anderen Morgen noch nicht überwunden hatte, sahen ihm seine Eltern an, als die Familie am Frühstückstisch saß.

Gesprochen wurde nicht viel. Jeder fühlte sich irgendwie unbehaglich. Möglicherweise trug auch der schlechte Schlaf dazu bei, denn Sam und Susan Baker hatten in den frühen Morgenstunden ebenfalls kaum schlafen können. Sie hatten wachgelegen, miteinander gesprochen, aber es war ihnen nicht gelungen, eine Erklärung zu finden, wobei Susan mehr an Pubertätsprobleme dachte, die oftmals mit Alpträumen verbunden waren.

Der Tisch war mit Cornflakes und Müslis gedeckt worden. Es gab auch Rührei. Eigentlich aß Tom gern sein Müsli, aber an diesem Morgen stocherte er mit dem Löffel nur lustlos im Essen herum. Er sah müde und nachdenklich aus. Ebenfalls leidend und bedrückt. Das blonde Haar trug er kurz. In der Höhe des Nackens war eine Fläche ausrasiert worden. Er hatte die sanften Augen seines Vaters geerbt und die etwas herben Gesichtszüge seiner Mutter. Bekleidet war er mit einem grauen Trainingsanzug, der an den Seiten der Beine und der Arme schwarze Streifen aufwies.

Die Eltern aßen schon. Hin und wieder warfen sie ihrem Sohn einen Blick zu, und es gefiel vor allen dingen Susan Baker nicht, daß Tim nichts aß.

»Hör mal«, sagte sie, »wir alle wissen, daß du einen schlechten Traum gehabt hast, Tim, aber . . .«

»Es war kein Traum.«

»Laß mich bitte ausreden.«

»Gut.«

»Dieser Traum oder dieses Erlebnis ist wahrlich kein Grund dafür, daß du hier sitzt und nichts ißt.«

»Ich habe keinen Hunger.«

»Das sehen wir. Wenn ich auch zugeben muß, daß so etwas bei dir selten vorkommt. Aber ein wenig könntest du schon essen – oder?«

»Warum?«

»Weil es dir guttut.«

Tim konnte stur sein, das zeigte er auch jetzt, denn er schüttelte den Kopf. »Ich weiß selbst, was mir guttut, Mutter. Ich kriege einfach nichts runter.« Er schob den Teller von sich weg und hob die Schultern. »Tut mir leid.«

Susan hatte kein Einsehen mit ihrem Sohn. »Wie kann man nur dermaßen von seinen Träumen abhängig sein«, sagte sie leise. »Das verstehe ich nicht.«

»Es war kein Traum. Oder nur teilweise«, verbesserte sich Tim. »Ich habe das gewaltige Skelett in meinen Träumen gesehen, und ich habe erlebt, wie sich Necroman bewegte.« Seine Augen funkelten plötzlich. »Wie oft soll ich das denn noch sagen?«

»Dann müssen eben die Puppen weg!«

»Ja, vielleicht.«

»Sag du doch auch mal was, Sam.«

Der Angesprochene hob die Schultern. »Was willst du hören, Susan? Soll ich den Jungen ausschimpfen? Soll ich ihn für einen Spinner oder Phantasten halten?«

»Dann glaubst du ihm etwa?« fragte sie erstaunt. »Glaubst du ihm wirklich?«

»Warum nicht?«

Sie tippte gegen ihre Stirn. »Puppen, die in der Nacht plötzlich lebendig werden! Wer glaubt denn so etwas?«

»Das habe ich so nicht gesagt, Susan. Da mußt du

schon unterscheiden. Ich denke, daß Tim schon unter seinen Träumen gelitten hat. Das ist ja nichts Unnormales. So etwas kennst du, das kenne ich. Träume können manchmal schon verdammt stressig sein und auch am anderen Tag noch nachwirken.«

»Wobei man sich immer noch vor Augen halten muß, daß es *nur* ein Traum gewesen ist.«

»Du weißt, Susan, daß ich die Dinge etwas anders sehe.«

»Klar, du bist sensibel, und ich bin die Naturwissenschaftlerin, die sich nur an Fakten hält oder an das, was sie sieht.« Susan Baker verdrehte die Augen. »Himmel, wie oft haben wir darüber schon gesprochen, Sam!«

»Und jetzt ist unser Sohn davon betroffen.«

»Richtig. Zwei Dinge soll er tun. Er soll den Kram vergessen und seine Puppen wieder zurückbringen. Das ist überhaupt kaum nachvollziehbar. Monstren im Kinderzimmer, auch wenn es nur Puppen sind. So etwas will mir nicht in den Kopf. Das packe ich einfach nicht.« Sie winkte ab. »Aber auf mich hört man ja nicht. Da halten Vater und Sohn schon zusammen, wie ich erleben konnte.«

»Wir haben nur eine andere Denkweise, Susan.«

»Aber du kannst dir nicht vorstellen, daß diese Puppen in der Nacht gelebt haben.«

»Nein.«

»Das ist schon eine Basis.«

»Es waren ja nicht die Puppen«, sagte der Junge. »Nur das Skelett hat gelebt, versteht ihr? Nur das Skelett. Und davor habe ich eben Angst bekommen.«

Susan hob die Schultern. Auch ihr war der Appetit vergangen. Sie schob den Teller zurück, auf dem noch das helle Rührei lag, trank einen Schluck Kaffee und zog eine Zigarette aus der Schachtel. Susan Baker rauchte nur im Haus, in der Schule verzichtete sie darauf, da mußte sie mehr ein Vorbild sein. Ihre Körperhaltung verriet zudem, daß sie an einer weiteren Diskussion nicht mehr interessiert war, und deshalb wandte sich Sam an seinen Sohn.

Tim hatte etwas getrunken. Er stellte das Glas mit dem Orangensaft auf den Tisch zurück, als ihn sein Vater ansprach. »Wie hast du dir deinen Tag jetzt vorgestellt?«

»Das weiß ich noch nicht genau, Dad.«

»Aber die Puppen möchtest du nicht mehr im Zimmer haben.«

»Ich weiß nicht . . .«

Sam lächelte und legte seinem Sohn die Hand auf den Arm. »Es ist wirklich besser, wenn du dich von ihnen trennst. Und ich werde dir dabei helfen. Heute morgen habe ich leider keine Zeit, du weißt ja, daß ich mich noch mit Kollegen treffe, aber am Nachmittag sieht das anders aus. Da könnten wir die Dinger in den Wagen packen und sie wieder zurück zu diesem Lambert bringen. Einverstanden?«

Tim zögerte noch.

»Es ist wirklich besser für dich.«

»Ja, ich weiß, aber eigentlich mag ich sie.«

Susan, die zugehört hatte, fing an zu lachen. Sie verschluckte sich dabei am Zigarettenrauch, so daß sie lachte und auch zugleich husten mußte. »Das wird ja immer schöner, Tim. Jetzt willst du die Dinger trotzdem behalten?«

»Nicht für immer, Mum, wirklich nicht. Nur noch für eine Nacht. Wir können ja morgen nach London fahren.«

»Dann ist aber Sonntag.«

»Das weiß ich. Mr. Lambert hat seinen Laden auch sonntags offen.«

Sam Baker hob die Schultern. »Mir ist es im Prinzip egal, Tim. Ich habe auch morgen Zeit. Das ist mir sogar noch lieber.« Er wandte sich an seine Frau, die ihren Glimmstengel ausdrückte. »Dann könnten wir gemeinsam fahren und uns in London einen schönen Tag machen. Oder was meinst du, Susan?«

»Schlecht wäre es nicht.«

»Eben.«

Sie schaute ihren Sohn an.

»Aber ich möchte in der folgenden Nacht nicht das gleiche erleben wie in der letzten. Versprichst du uns das, Tim?«

Der Fünfzehnjährige zögerte. »Das – kann – ich – eigentlich nicht versprechen.«

»Warum denn nicht?«

Er senkte den Blick. »Es ist ja so«, antwortete er sehr langsam. »Man kann seine Träume vorher nicht beeinflussen. Weiß ich denn, was noch alles auf mich zukommt?«

»Da hast du recht.«

»Eben, Mum . . .«

»Deine Einstellung finde ich falsch, Tim. Du mußt dich einfach zusammenreißen. Du mußt dich von dem Gedanken lösen, daß deine Lieblinge leben oder mitten in der Nacht plötzlich anfangen zu leben. Es sind Puppen! Nicht mehr und nicht weniger, auch wenn sie schrecklich aussehen. Aber das andere gibt es nur im Märchen oder in irgendwelchen Filmen.«

Tim sagte nichts. Er schaute seine Mutter nur an, die unter seinem Blick etwas nervös wurde. »Was ist los mit dir? Habe ich dir etwas getan?«

»Nein. Aber ich glaube nicht, daß du recht hast.« Er hob die Schultern und trank sein Glas leer. »Ist ja auch egal«, sagte er dann, »außerdem bin ich verabredet.«

»Wann? Jetzt?«

»Ja, heute morgen. Ich gehe mit Tony Kendall zum Sport. Wir wollen in der Halle trainieren.«

»Ach. Was denn?«

»Basketball. Ich muß meine Korbwurftechnik noch verbessern.«

»Okay, tu das. Es wird dich ablenken von diesem Unsinn. Oder was meinst du dazu, Sam?«

»Dagegen habe ich nichts.«

»Willst du nicht trotzdem noch etwas essen? Mit nüchternem Magen Sport zu treiben, ist auch nicht das Optimale.«

»Nein, das will und kann ich nicht. Wenn ich Hunger habe, kaufe ich mir einen Snack.«

»Das ist dein Problem«, sagte die Frau. Sie und ihr Mann schauten zu, wie Tim aufstand und zur Küchentür ging. Er lächelte etwas verloren, und es war ihm anzusehen, daß er seinen Traum noch nicht verdaut hatte.

Susan Baker schüttelte den Kopf. »Wie kann jemand nur so intensiv träumen, Sam?«

»Dafür gibt es viele Beispiele.«

»Ja, das glaube ich dir. Nur entwickelt sich der Traum unseres Sohnes allmählich zu einem Trauma, und das kann nicht gut sein.«

»Stimmt.«

Susan nickte. »Wir sollten wirklich morgen nach London fahren und die verdammten Puppen mitnehmen. Derartige Monster können sogar bei einem Erwachsenen Spuren hinterlassen. Kinder oder Jugendliche in der Pubertät reagieren noch stärker darauf. Ich bin nur froh, daß ich damit keine Last habe.«

»Träumst du nie, Susan?«

Ihre nicht geschminkten Lippen verzogen sich zu einem Lächeln. »Natürlich träume ich. Jeder träumt.

Aber mir hängen meine Träume eben nicht so lange nach. Das ist der Unterschied, Sam. Und ich träume auch nicht von lebenden Puppen.«

»Stimmt. Nur sind die Menschen verschieden, das darfst du nicht vergessen. Es gibt welche, die stecken auch die schlimmsten Träume locker weg, andere wiederum haben daran zu knacken. Wie unser Tim, bei dem es besonders schlimm ist.«

»Ja, und das hat mich schon stutzig gemacht, Sam.«

»Inwiefern?«

Susan hob die Schultern. Sie sah aus, als wüßte sie nicht genau, wie sie beginnen sollte. »Ich frage mich inzwischen, ob er nicht krank ist. Seelisch krank. Anders kann ich mir seine Träume nicht vorstellen. Ich habe so etwas noch nicht erlebt – du doch sicherlich auch nicht – oder?«

»Doch, als Kind schon. Vor allen Dingen in der Pubertät. Da ist es mir nicht gerade gutgegangen. Aber ich habe mehr allgemein geträumt, Susan.«

»Wie meinst du das denn?«

Er überlegte. »Es ist wirklich schlecht zu erklären«, sagte er dann. »Wenn ich träumte, dann von schrecklichen Gebilden oder Gestalten, das gehört irgendwie zum Erwachsenwerden. Aber ich habe nie von Dingen geträumt, die mich auch in meinem Alltag begleiteten. Ich erinnere mich, daß in meinem Zimmer auch Autos standen. Da hingen Poster an den Wänden, über deren Motive sich meine Eltern nicht eben freuten, denn sie waren ebenfalls schlimm. Aber wenn ich träumte, wurde weder ein Auto lebendig noch ein Poster. Das waren immer andere Motive, die mich störten und quälten. Wie oft habe ich erlebt, daß auf meiner Brust ein Monster hockte, ein richtiger Alp, der mir den Atem nahm, aber das ist irgendwie normal, denke ich.«

»Diesmal stimmen wir überein. Ich komme aber zur Gegenfrage. Dann hältst du Tims Träume für unnormal?«

Sam lehnte sich zurück. Er verschränkte die Hände hinter dem Kopf. »Das weiß ich eben nicht. Ich könnte mir wohl vorstellen, daß sie einfach anders sind und noch intensiver.«

Susan nickte. Sie schaute dabei auf ihren Teller und schien zu überlegen, ob sie noch weiter essen sollte. »Irgendwo hast du schon recht.« Auf ihrer Stirn bildete sich eine Falte. »Wir werden abwarten und Tim beobachten.«

»Das auf jeden Fall.« Sam lachte plötzlich. »Außerdem wird der Sport bei ihm für Vergessen sorgen, denke ich mir.«

»Meinst du?«

»Das hoffe ich . . .«

Obwohl Tim nicht weit von der Küche entfernt stehengeblieben war, hatte er von der Unterhaltung seiner Eltern nichts mitbekommen. Es war Tag und keine Nacht. Eigentlich hätte es ihm gutgehen müssen, das aber war nicht der Fall. Er stand auf der Stelle und grübelte, wobei er nicht mal wußte, womit sich seine Gedanken beschäftigten. In seinem Kopf lief nicht alles rund.

Furcht vor der nahen Zukunft und die Angst vor der nächtlichen Vergangenheit trafen bei ihm zusammen. Er kam zu keinem Ergebnis, aber er wußte, daß er noch einmal in sein Zimmer gehen mußte, um sich das Duschzeug zu holen. Nach dem Sport war er völlig durchgeschwitzt und brauchte eine Dusche.

Sein Zimmer lag in der ersten Etage. Er mußte die Treppe hochgehen, um es zu erreichen. Die Treppe drehte sich nach links, die Stufen waren schmal und hoch, und das mit dunkelroter Farbe angestrichene Geländer schimmerte geheimnisvoll.

In der ersten Etage blieb er stehen. Er wartete und schaute sich um. Er lauschte in die Stille hinein. Tim dachte auch daran, daß an diesem Tag Samstag war, und er dachte ferner, daß sich der Tag nicht von den anderen Samstagen unterschied, die er kannte.

Trotzdem war er anders.

Der Tag nach der Nacht X!

Tim kannte ähnliche Situationen. Allerdings nur aus Filmen oder Gruselgeschichten. Auch SF-Autoren hatten sich schon öfter mit dem Thema beschäftigt. Das alles kam ihm in den Sinn, das war auch okay so, aber es selbst zu erleben und zu erleiden, ging doch bis an die Grenze seiner Kraft.

Tim brauchte nur wenige Schritte zu gehen, um seine Zimmertür zu erreichen. Er legte die Strecke zögernd zurück. Mit jedem Meter, der ihn näher an das Ziel heranbrachte, wuchs sein Unbehagen. Er spürte das Frösteln auf dem Rücken und zugleich den Druck im Magen, der sich immer mehr ausbreitete und schon bald seinen gesamten Körper erfaßte, um ihn unter Kontrolle zu bekommen.

Ihm war nicht schlecht. Er kam nur einfach nicht mit dem Druck zurecht, und er war es auch, der seine Atmung beeinträchtigte. Auf dem Rücken lag nach wie vor die Gänsehaut. Manchmal empfand er sie als kalt, dann wieder als warm, als wollte sich das Wechselbad seiner Gefühle genau dort abzeichnen.

Tim war nicht allein im Haus. Er wußte seine Eltern eine Etage tiefer in der Küche. Dennoch war es für ihn keine Hoffnung. Sie konnten ihm nicht helfen, auch deshalb nicht, weil sie ihm einfach nicht glaubten. Er stand allein vor dem mächtigen Berg, und er mußte ihn übersteigen. Erst dann würde es ihm besser gehen.

Der Berg war seine Tür. An der Außenseite hing ein Plakat. Es zeigte einen riesigen Frosch mit weit geöffnetem Maul, aus dem eine breite Zunge hervorschlug. Er hatte damit einige Insekten gefangen, die nun auf der Zunge festklebten. Tony hatte ihm das Plakat mal geschenkt, und Tim hatte es an die Tür geklebt.

Er stand davor. Wie Öl spürte er den Schweiß auf seinen Handflächen. Er zitterte. Er schwitzte. Am liebsten hätte er nach seinem Vater gerufen, damit der ihn in das Zimmer begleitete. Das wollte er aber nicht. Schließlich war er kein Kleinkind mehr. In einer Woche war er sechzehn, beinahe schon erwachsen.

Nein, da muß ich selbst durch, dachte er. Und am Tag ist es nicht so schlimm wie in der Nacht.

Dieser Gedanke sorgte dafür, daß er die Klinke umfaßte und die Tür aufdrückte.

Vor ihm lag das Zimmer.

Ein leerer Raum, zumindest ein menschenleerer. Der Junge blieb auf der Schwelle stehen. Seine Augen bewegten sich, als er sich umschaute.

Das zum Glück leere Bett. Er hatte befürchtet, Necroman auf ihm sitzen zu sehen, aber er hatte sich glücklicherweise geirrt. Gut, sehr gut. So ging es ihm etwas besser.

Zur Kiste schaute er nicht hin. Er hätte den Kopf nach links drehen müssen, um sie sehen zu können, aber er tat es nicht, sondern ging zunächst zwei Schritte in das Zimmer hinein, wobei er sich bewegte wie ein Fremder. Als wäre ein Bekannter zu Besuch gekommen, der zuvor noch nie dagewesen war.

Nichts hatte sich verändert. Alles stand auf seinen Plätzen. Durch das Fenster fiel das Licht eines heller gewordenen Tages, denn die dicken, dichten und auch grauen Wolken waren dünner geworden und störten das Licht der Wintersonne nicht mehr so stark. Sie stand ziemlich tief, erreichte mit ihrem Strahl auch die Scheibe und blendete den Jungen ein wenig.

Er ließ die Tür offen. So hatte er sich instinktiv einen Fluchtweg geschaffen.

In der Mitte seines eigenen Zimmers blieb er stehen und holte noch einmal tief Luft, bevor er sich umdrehte. Auch das geschah langsam, als wollte er jede Bewegung kontrollieren.

Dann sah er die Kiste.

Sein Herz hatte schneller geschlagen, aber es beruhigte sich wieder, denn Tim sah, daß sich nichts verändert hatte. Er kannte seine Lieblinge genau, und er wußte auch, wo er sie aufgestellt hatte. Jede Puppe hatte ihren eigenen Platz, natürlich auch der Necroman.

Nichts war anders geworden. Auch die Puppen standen so da, wie sie immer stehen sollten und mußten. Als Tim das sah, da atmete er erleichtert auf, und er schaffte sogar ein Lächeln. Diesmal mußte er seinen Eltern recht geben. Bei Tageslicht sah alles ganz anders aus. Da rutschte die Angst von ihm ab, um der Normalität Platz zu schaffen, zu der auch der Mut gehörte.

Ja, Tim sah sich selbst als mutig an, als er auf die Kiste zuging. So war es immer gewesen, wenn er die Puppen in die Hand nahm und von ihrem Aussehen nie genug bekommen konnte. Jedes Detail schaute er sich dann an, aber heute interessierte ihn nur der Necroman.

Der saß in seinem kleinen Sessel.

Genau da gehörte er auch hin.

Sogar die Sense lehnte wieder an derselben Wand.

Alles war wieder okay.

Tim blieb dicht vor der Kiste stehen, die tatsächlich die Form einer etwas größeren Puppenstube aufwies, dann ging er in die Knie und stützte sich mit beiden Händen auf dem Boden ab. Er wollte und mußte etwas versuchen, um wieder so zu werden wie früher. Der Junge gierte nach einem Erfolgserlebnis, alles andere war für ihn zweitrangig geworden, und dieser Gedanke war so stark, daß er es auch schaffte, seinen linken Arm auszustrecken.

Die Hand näherte sich einer bestimmten Figur, und das war der Necroman.

Erst wenn Tim ihn anhob, wenn er ihn zwischen den Fingern spürte, dann wußte er, daß er der Sieger war und nicht dieses verdammte Skelett, das er in seinem Traum als Riese erlebt hatte.

Die Fingerkuppen strichen über den Stoff der Kutte, der ein wenig rauh war. Tim zögerte noch, dann griff er zu und hob die Puppe aus dem Sessel.

Necroman setzte ihm keinen Widerstand entgegen. Wie auch, er lebte ja nicht – oder ...?

Tim hob die Puppe nicht nur an, er holte sie auch aus der Dekoration hervor, rutschte dabei auf den Knien etwas zurück und hielt Necroman so, daß er direkt in seine Skelettfratze hineinschauen konnte. Er kannte jeden Knochen darin. Er kannte die Maulöffnung, er wußte über die leeren Augenhöhlen Bescheid. An dieser Nachbildung war ihm überhaupt nichts fremd. Tim konnte nicht behaupten, daß er die Figur liebte, aber er wäre auch enttäuscht gewesen, wenn sie zwischen all den anderen gefehlt hätte.

Tim lachte die Totenfratze an. Es tat ihm gut, die Puppe zu halten, und er spürte den unwiderstehlichen Drang in sich hochsteigen, mit ihr zu sprechen. Necroman das zu sagen, was er von ihm hielt.

»Du bist nicht wirklich!« stieß er hervor. »Du lebst

nicht wirklich. Du bist nur eine Puppe. Eine Nachbildung irgendeiner Gestalt – oder einfach nur ein Phantasieprodukt.«

Eine Antwort erwartete er nicht. Er starrte das Ding in seiner Hand an, ließ eine gewisse Zeit verstreichen, um die Puppe erneut anzusprechen, aber er brachte kein Wort mehr hervor. Plötzlich fing Tim an zu zittern, und dieses Zittern erfaßte seinen gesamten Körper.

Er konnte nicht glauben, was er sah, denn auf seine Art hatte ihm Necroman schon eine Antwort gegeben. Sein sonst so starres Knochengesicht schien aufgeweicht zu sein. Wie sonst hätte sich der Mund verziehen und grinsen können?

Tim Baker erstarrte in seiner Haltung. Die Hitze schoß in Wellen durch seinen Körper, und wieder spürte er den verdammten Druck tief in seinem Magen. Er hörte sich selbst jammern, und dabei wurde ihm bewußt, daß er die Augen geschlossen hielt.

Sie lebte. Die Puppe hatte sich bewegt. Tim glaubte nicht an eine Täuschung.

Er schaute wieder hin und sah die gelbliche Skelettfratze, die jetzt wieder bewegungslos geworden war, aber anders aussah als zuvor. Der fleischlose Mund hatte sich verzogen, und zwar zur rechten Seite hin. Dort klemmte er regelrecht fest, und Tim empfand diesen Ausdruck als wissendes und zugleich böses Grinsen.

Ihn schauderte. Die Erinnerungen der Nacht kehrten wieder zurück, auch wenn sie jetzt, wo das Licht hell war, von ihm nicht als so schlimm empfunden wurden.

Angst hatte er trotzdem.

Seine Hand drückte stärker zu, ohne daß er es

gewollt hätte. Es war nur ein Reflex gewesen, der aber bewies ihm, daß sich auch der Körper verändert hatte. Das Gebein war nicht mehr so hart. Es hatte sich auf eine bestimmte Art und Weise aufgeweicht. Die Knochen schienen jetzt aus einem relativ harten Gummi zu bestehen, was sie vielleicht sein mußten, um beweglich zu sein.

Necroman tanzte vor Tims Augen. Das lag nicht an der Puppe, sondern an dem Jungen, dessen Starre einem heftigen Zittern gewichen war. Plötzlich widerte es ihn an, die Figur in der Hand zu halten. Er öffnete den Griff und ließ sie fallen.

Necroman fiel zu Boden. Der Teppich dämpfte einen Aufprall. Tim hörte kein Knacken. Es schienen keine Knochen gebrochen zu sein.

Die Gestalt lag vor ihm. Er starrte sie an. Sie war auf den Rücken gefallen. Die Ärmel der Kutte hatten sich in die Höhe geschoben, so daß die Knochenklauen weiter hervorschauten als gewöhnlich. Es waren keine Hände, sondern wirkliche Klauen, mit langen, fleisch- und hautlosen Fingern, an den vorderen Enden spitz wie Messer.

Tim konnte seinen Blick nicht von diesen Händen wenden. Er mochte sie nicht. In seiner Phantasie verzehnfachten sich diese Klauen und wurden zu mächtigen Greifern eines noch mächtigeren Monstrums, das durch den düsteren Himmel schwebte, um auf die Erde niederzuschauen wie ein pervertierter Engel.

Es war Einbildung, angetrieben durch die schlimme Erinnerung, aber den nächsten Vorgang bildete er sich nicht ein, denn plötzlich bewegten sich die blanken Finger.

Sie zuckten. Sie krümmten sich zusammen, dann streckten sie sich wieder. Gleichzeitig verzog sich auch das Gesicht. Der Mund zeigte nicht mehr das schiefe Grinsen, aber er hatte sich trotzdem verändert und zusammengezogen, denn er bildete eine Öffnung, als wollte er im nächsten Moment etwas sagen.

Tim wußte nicht, was er noch denken sollte. Er traute sich auch nicht mehr, dieses verdammte Ding anzufassen, das so plötzlich zum Leben erweckt worden war. In seiner Brust klopfte das Herz, und er hörte den hämmernden Schlag, der sogar gegen seine Rippen trommelte.

Daran störte sich Necroman nicht. Er bewegte jetzt auch seinen Körper und wälzte sich mühsam auf die rechte Seite. Wie ein Mensch, der versuchte, auf die Beine zu kommen.

Und Necroman stand tatsächlich auf.

Tim konnte es nicht glauben. Es gab keinen Motor, der ihn lenkte, keine Elektronik, die versteckt eingebaut war, dieses Wesen bewegte sich aus eigener Kraft voran, und es ging schaukelnd wieder dorthin, wo es seinen Stammplatz hatte.

Zurück in die Kiste.

Die anderen Puppen standen unbeweglich. Nur Necroman war von dieser unheiligen und kaum erklärbaren Kraft erfüllt. Er bewegte sich zwischen den anderen hindurch, stieß den Werwolf an, so daß dieser schwankte, aber nicht fiel, dann rammte er durch seine Armbewegungen einen graubleichen Zombie mit blutiger Schnauze um, der auf dem Rücken liegenblieb, und hatte schließlich seinen Sessel erreicht. Um sich dort zu setzen, mußte er sich umdrehen, das aber tat er nicht. Necroman wollte nicht in seinen Sessel, er ging an ihm vorbei, direkt auf die an der Innenwand lehnende Sense zu.

Sie war sehr groß, größer als er. Necroman streckte die Klauenfinger aus. Mit beiden Händen umklammerte er den Griff und drehte sich um.

Die Waffe machte die Bewegung mit. Sie wurde nicht schräg gehalten, sondern senkrecht, aber leicht vom Boden weg, und so schabte sie unter der Kistendecke entlang.

Tim tat nichts.

Er fühlte sich einfach nicht in der Lage. Er hatte Angst, schreckliche Angst. Zwar nicht so schlimm wie in der Nacht, aber sie reichte aus, um ihn erstarren zu lassen.

Necroman genoß seinen Auftritt. Er blieb noch stehen, bewegte jedoch seinen Skelettschädel, schaute sich um, als wollte er herausfinden, wo er beginnen sollte.

Andere Monsterpuppen umstanden ihn. Gestalten aus dem Bereich des Horrorfilms. Es war wirklich alles vertreten, was Rang und Namen hatte. Tim war auch sehr stolz auf seine Sammlung, nun aber mußte er zuschauen, wie Necroman aufräumte.

Er tat es mit der Sense.

Unter der Kutte bewegte sich sein Körper zackig hin und her. Und diese Bewegungen übertrugen sich auch auf seine Arme. Er schleuderte sie nach rechts, dann wieder nach links, und jedesmal ließ er die halbmondförmige Klinge nach unten sausen.

Das Metall war hart, es war geschliffen, und Necroman war zu einem Sensenmann geworden, der sich seinen Weg freischlug. Zuerst ›vernichtete‹ er den Vampir.

Die Klinge schlitzte die Gestalt regelrecht auf und spaltete dabei noch den Kopf in zwei Hälften.

Tim hätte sich nicht gewundert, wenn aus dieser klaffenden Wunde Blut geströmt wäre, aber das Innere der Puppe war nicht mal mit Sägemehl gefüllt. Es war leer gewesen, und so kippten die beiden Hälften zu verschiedenen Seiten hin weg.

Necroman hatte erst angefangen. Jetzt machte er weiter. Und er kannte keine Rücksicht.

Die Waffe machte ihrem Namen alle Ehre, denn Necroman blieb auf dem Platz stehen. Er drehte sich, er schwang die Sense, und so schaffte er es, in der Kiste aufzuräumen.

Er spießte die Zombies auf. Er köpfte den Werwolf, und er zerstörte die Brust des Phantoms der Oper.

Tim hörte die Geräusche. Er glaubte sogar, das Pfeifen der Klinge zu vernehmen, wenn sie durch die Luft glitt und mal kein Ziel traf. Er wollte und konnte nichts tun, denn er fürchtete sich davor, ebenfalls angegriffen zu werden.

Und das wollte Necroman!

Aufgrund seiner heftigen Bemühungen hatte es nicht mal lange gedauert, bis er alle Hindernisse aus dem Weg geräumt hatte. Die übrigen Figuren lagen halb oder völlig zerstört auf dem Boden, so daß die Kiste zu einem Schlachtfeld der besonderen Art geworden war. Damit gab sich Necroman nicht zufrieden. Er hackte auch noch auf die am Boden liegenden Puppen ein, bis er schließlich zufrieden war und die Sense in einem weiten bogen in die Höhe schwang, wobei sie wieder an der Decke entlangschabte.

Jetzt war er fertig – und zufrieden.

Er starrte nach vorn.

Dort hockte noch immer Tim Baker mit offenem Mund. Der Atem drang als Keuchen hervor. Tim wußte nicht, wie er sich fühlen sollte. Er war erstarrt und zugleich völlig von der Rolle. Die Furcht hatte sich wie zäher Schleim in seinen Körper geschlichen, um sich dort zu verhärten.

Necroman war hier der King of Horror, und Tim Baker konnte nichts mehr tun. Es wäre ihm möglicherweise ein leichtes gewesen, ein Kissen zu nehmen und es auf die Puppe zu pressen. Er hätte dann auch mit dem Hammer aus seiner kleinen Werkzeugkiste auf das Knochengebilde einschlagen können, doch all diese Dinge traute er sich einfach nicht zu, weil ihn die Aktion zu stark überrascht hatte.

Necroman war noch nicht fertig. Die Puppen hatte er erledigt. Es blieb der Mensch.

So gerade und direkt, wie er wieder zurück in die Kiste gegangen war, so trat er jetzt den Rückweg an, die Sense schräg haltend und mit beiden Knochenhänden fest umklammernd. Er hielt sie schräg. Das Metall schimmerte wie eine ausgeschnittene Spiegelscherbe, und es bewegte sich heftig von oben nach unten.

Er kann dich mit der Waffe töten!

Tim wußte nicht, woher die Stimme kam, die ihn warnte. Möglicherweise war es seine innere Stimme oder die eines unsichtbaren Schutzengels, vielleicht auch nur ein Gedanke, aber wer schaffte es, ihn wieder aus seiner Erstarrung zu wecken?

Allerdings brauchte er einige Sekunden, um sich zurechtzufinden. Eine kurze, aber auch eine lange Zeit, denn Necroman wußte genau, was er wollte.

Als der Junge ihn wieder anschaute, mußte er feststellen, daß die kleine, aber ungemein gefährliche Gestalt schon wieder näher an ihn herangekommen war. Sogar so weit, daß sie die Hände heben konnte und somit auch die Waffe.

»Nein!« flüsterte der Junge. Er warf sich zurück, was nicht einfach war, da er noch immer kniete.

Der Stahl fegte nach unten. Tim nahm nur einen scharfen Blitz wahr, er hörte auch das Fauchen, dann spürte er den Schmerz wie einen bösen Stich in seinem rechten Bein.

Dort hatte ihn die Sense erwischt. Tim schaute nicht

erst nach, er warf sich auf die rechte Seite, um sich aus der Gefahrenzone rollen zu können. Für einen winzigen Moment wurde er an Gulliver erinnert, der dem Reich der Liliputaner einen Besuch abgestattet hatte. Er wußte, wie stark diese kleinen Wesen sein konnten. Hier hatte er es nur mit einem zu tun, das aber reichte ihm völlig aus. So bemühte er sich, aus der Gefahrenzone zu kriechen, während er glaubte, sogar das Tappen der Knochenfüße zu hören, die sich ihm näherten.

Wenn die Sense meinen Hals trifft, ist es vorbei, dachte Tim. Er richtete sich ein wenig auf, lag dabei noch auf der rechten Seite und mußte jetzt mit ansehen, wie Necroman abermals seine Waffe einsetzte. Er hielt sich dabei in Höhe der Knie auf.

Tim wuchtete seine Beine nach rechts. Bevor Necroman noch zuschlagen konnte, wurde er von beiden Kniescheiben erwischt. Der Aufprall schleuderte ihn nicht nur zurück, er sorgte auch dafür, daß er das Gleichgewicht verlor und zu Boden prallte. Dabei gerieten seine Arme und auch die Sense in unkontrollierte Bewegungen, was Tim wiederum Zeit gab, auf die Beine zu kommen.

Das Skelett wälzte sich über den Boden. Es war wehrloser geworden, aber Tim nutzte die Chance nicht. Er war viel zu sehr damit beschäftigt, aus der Gefahrenzone zu eilen und sein Zimmer zu verlassen. Die stets gepackte Sporttasche ließ er in der Ecke stehen. Er hetzte auf die Tür zu, riß sie auf und übersprang die Schwelle, hinein in den Flur, der seine Rettung bedeutete.

Erst jetzt fiel ihm das Brennen an der rechten Kniescheibe auf. Dort hatte der Treffer eine Wunde hinterlassen. Der Junge schaute auf sein Bein. Der Stoff seiner Hose war zerfetzt, und an den Innenrändern klebte das Blut.

In der Wunde tuckerte es. Sie behinderte Tim Baker auch beim Gehen, aber er war so mit sich selbst und seiner Flucht beschäftigt, daß er darauf nicht achtete.

Er wollte auch nicht mit seinen Eltern reden. Er mußte raus aus dem Haus und zur Sporthalle, wo sein bester Freund Tony auf ihn wartete.

Mit ihm konnte er über die Dinge reden. Nachdem die Hälfte der Treppe hinter ihm lag, ging Tim langsamer. Er wollte auf keinen Fall zu viele Geräusche verursachen, um seine Eltern nicht aufmerksam zu machen. Es fiel ihm nicht leicht, sich regelrecht zur Haustür zu stehlen und sie zu öffnen.

Seine Winterjacke hatte er auch vergessen. Tim wurde daran erinnert, als ihn die kalte Luft traf. Zurücklaufen wollte er ebenfalls nicht. Er konnte nicht mehr in sein Zimmer gehen. Wichtig waren jetzt die Sporttasche und das Rad, das neben dem Haus stand, wo sein Vater eine schmale Pergola gebaut hatte, die zugleich als Unterstand für das Auto diente. Das Rad war nicht verschlossen. Es stand neben dem Auto, und er zerrte es zurück. Daß er dabei an Wagen schrammte, war ihm egal. Er wollte so rasch wie möglich flüchten und stieg noch auf dem schmalen Gehsteig in den Sattel.

Dann trat er in die Pedalen und fuhr weg, als wäre der Leibhaftige hinter ihm her.

Tim wollte der Hölle entkommen, und er ahnte nicht, daß eine neue bereits auf ihn wartete.

Schlimmer, viel schlimmer . . .

Suko und ich hatten die Fahrt nach Leyton gut hinter uns gebracht, die entsprechende Straße leicht gefunden und dann auch das Haus. Es reihte sich ein in eine Anzahl ähnlicher Häuser. Von Neubauten konnte man nicht sprechen, sicherlich standen sie schon mehr als zehn Jahre, aber die Gegend wirkte gepflegt, und dafür sorgten die Bewohner, die die Umgebung ihrer Häuser sauber hielten.

Parkraum gab es genug, und so konnten wir den Rover vor dem Haus abstellen.

Das blasse Licht der Wintersonne streifte über hellgraue Steine hinweg, mit denen der Boden belegt war. Große Blumenkübel verteilten sich auf der Fläche. Im Sommer waren sie bestimmt bepflanzt, jetzt wirkte alles sehr trostlos, aber auch bei den Nachbarn, die Vorgärten angelegt hatten.

Das Haus war verklinkert. An einigen Stellen zeigten die Steine große Schmutzflecken, die vom Regenwasser hinterlassen worden waren. Zur Haustür führte nur eine Stufe hoch, und der Besucher stand dann auf einem kleinen Podest.

Unsere Ankunft war bemerkt worden, denn ein dunkelhaariger Mann öffnete die Tür. Seine Augen blickten ruhig und freundlich, und auf seinen Wangen zeichneten sich die dunklen Bartschatten ab.

Sicherheitshalber wiesen wir uns aus.

»Das hätten Sie nicht gebraucht, meine Herren. Ich habe einen Blick für Menschen.« Er gab uns den Weg frei. »Ich bin übrigens Sam Baker.«

Unsere Namen kannte er, und er gab uns die Hand.

Sam Baker schien ein lockerer Typ zu sein, was sich auch in seiner Kleidung widerspiegelte. Er trug eine dunkelbraune Cordhose, dazu ein dunkelgelbes Hemd und darüber eine braune Stoffweste. Er hatte kräftige, stark behaarte Hände.

»Kommen Sie in den Wohnraum, meine Herren, da redet es sich gemütlicher.«

Wir bedankten uns mit einem Kopfnicken und wurden in die gute Stube des Hauses geführt, die mit sehr wuchtigen, dunklen Möbeln eingerichtet worden war, wobei das Zimmer sehr gemütlich wirkte.

»Meine Frau müssen Sie entschuldigen, die ist einkaufen gegangen. Gut, daß Sie angerufen haben«, sagte Baker und deutete auf zwei Sessel, »ich wäre sonst mit ihr gefahren.«

»Lange werden wir nicht bleiben, denke ich.« Unter meinem Allerwertesten spürte ich die Sitzfläche des Sessels. »Es geht auch mehr um Ihren Sohn, Mr. Baker.«

»Der ist beim Sport.«

»Wann kommt er zurück?« fragte Suko.

Sam Baker war dabei, drei Drinks einzuschenken. Suko lehnte ab, ich aber wollte einen Schluck, obgleich es noch früh am Tage war. Dafür bekam ich von Suko einen bösen Seitenblick zugeworfen.

»Möchten Sie etwas anders, Inspektor?«

»Nein, danke, sehr nett. Nichts in diesem Fall.«

»Auch gut.« Baker reichte mir ein Glas. Er setzte sich anschließend auf die Lehne einer Couch. So konnte er uns beide anschauen, prostete mir zu, trank selbst ebenfalls und ließ den Arm mit dem Glas wieder sinken.

»Jetzt bin ich aber richtig gespannt«, sagte er, »denn mit Scotland Yard hatte ich bisher noch nichts zu tun.«

»Es geht auch mehr um Ihren Sohn«, sagte ich.

»Und um die Puppen, wie Sie erwähnten.«

»Genau.«

Sam Baker wußte, daß wir von ihm eine Antwort oder Erklärung erwarteten, aber er ließ sich Zeit, schaute in das Glas und schien nach den richtigen Worten zu suchen. »Es ist schon ungewöhnlich«, sagte er dann, »daß Sie gerade jetzt hier erscheinen. Oder heute.«

»Warum?«

Er hob die Schultern. »Um Ihnen das zu erklären, brauche ich ein wenig Zeit.«

»Wir haben Zeit.«

»Gut, dann hören Sie bitte zu. Wenn ich zu sehr dozieren sollte, unterbrechen Sie mich, denn meine Frau und ich sind beide Lehrer. Da hat man sich gewisse Eigenheiten angewöhnt, was die Sprache betrifft.«

»Machen Sie sich darüber keine Gedanken, Mr. Baker.«

Dann hörten wir zu, und wir erfuhren eine Geschichte, die uns kalte Schauer über den Rücken trieb, denn was Tim Baker in der vergangenen Nacht erlebt hatte, das war alles andere als normal, obwohl viele Menschen in seinem Alter von Alpträumen gequält wurden. Der Vater kam damit nicht zurecht, und er gab zu, bei seinem Sohn so etwas noch nicht erlebt zu haben.

»Meine Frau – und ich mittlerweile auch – sind fest davon überzeugt, daß dieser Alptraum mit den Monsterpuppen in einem unmittelbaren Zusammenhang steht.«

»Ja«, gab ich nickend zu. »Das ist durchaus möglich, Mr. Baker. Diese Puppen hat Ihr Sohn bei einem Mann namens Lambert gekauft.« Ich hielt mein Glas noch in der Hand und hatte nur einen kleinen Schluck getrunken. Jetzt drehte ich es. Die Flüssigkeit bewegte sich mit. Dabei stellte ich auch die Frage. »Wissen Sie eigentlich, daß Mr. Lambert tot ist?«

Baker erschrak. Das war echt und nicht gespielt. »Tot?« hauchte er und stellte das Glas weg. »Er – er ist wirklich tot?«

»Wir können es nicht ändern«, sagte Suko.

Der Lehrer fuhr nervös über sein Haar. »Okay, Sie beide sind vom Yard, und da kann ich mir leicht vorstellen, daß Lambert nicht unbedingt eines natürlichen Todes gestorben ist.«

»Richtig vermutet. Er wurde ermordet.«

Baker starrte Suko an. Nichts rührte sich in seinem Gesicht. Da war alles erstarrt. »Wissen Sie denn mehr?« erkundigte er sich schließlich.

»Nein«, erwiderte Suko, »wenn Sie mich damit auf den Täter angesprochen haben. Wir wissen leider nicht mehr, aber uns ist bekannt, mit welcher Waffe man diesen Händler getötet hat.«

»Was war es denn?«

»Eine Sense!«

Bakers Mund schloß sich schlagartig. Er saugte die Luft laut durch seine Nasenlöcher ein und schüttelte den Kopf wie jemand, der es nicht wahrhaben wollte. »Eine Sense«, murmelte er. »Verdammt noch mal, das kann doch nicht stimmen! Wer tötet denn mit einer Sense?« Er schlug die Hände vor sein Gesicht, und nach einer gewissen Zeit ließ er sie wieder sinken. Wir sahen jetzt, daß er sehr blaß geworden war, und auch der Ausdruck in seinen Augen hatte sich verändert. Baker sah aus, als würde er in irgendeine Ferne blicken, wobei er gleichzeitig eine gewisse Ahnung in diesen Blick hineingestohlen hatte, was uns seine nächsten Worte auch bestätigten.

»Eine Sense«, flüsterte er. »Ausgerechnet eine Sense.«

Sofort waren wir hellhörig geworden. »Was meinen Sie damit, Mr. Baker?«

Er blickte mich an. »Eine Sense besitzt auch der Necroman.«

»Wer ist das schon wieder?«

»Ein Skelett. Es gehört zu den Puppen, die sich mein Sohn von Lambert besorgt hat. Das ist eine Mischung aus allen möglichen Horrorgestalten der

Filmgeschichte, eben die Teile eines gestern Nacht erlebten Alptraums.« Er hob die Schultern. »Ich verstehe das nicht. Das hört sich beinahe so an, als wäre Necroman Lamberts Mörder. Aber so etwas ist unmöglich.«

»Vielleicht gibt es ihn auch in Lebensgröße«, sagte ich und dachte dabei an meine Halluzination.

»Das Skelett? Der Necroman? Nein, das kann ich nicht glauben. Das ist nicht möglich.«

»Das Wort wollen wir lieber mal streichen«, sagte ich. »Aber bevor wir hier noch länger diskutieren, wäre es nicht besser, wenn Sie uns das Zimmer Ihres Sohnes zeigen, damit wir uns die Puppen einmal genauer anschauen können?«

»Ja, entschuldigen Sie, daß ich nicht daran gedacht habe. Es ist natürlich besser.« Er löste sich von seinem Platz, und auch wir standen auf. »Dann kommen Sie bitte mit.«

Wir gerieten wieder in den Flur und mußten von dort die Treppe in den ersten Stock hochgehen. Wir schritten hinter Sam Baker her, der sich wie ein alter Mann bewegte. Wahrscheinlich war er durch unser Gespräch noch zu stark aufgerüttelt.

Wir erreichten einen etwas düsteren Flur, wo wir uns nach links wenden mußten und vor einer Tür stehenblieben, die von außen mit einem Froschplakat beklebt war.

»Ich darf dann vorgehen, meine Herren.«

»Sicher«, sagte Suko.

Baker öffnete die Tür. Ziemlich helles Licht drang durch das Fenster und überflutete einen Teil des Zimmers, das völlig normal eingerichtet war.

Die Puppen entdeckten wir nicht. Erst als sich Baker gedreht hatte und in eine bestimmte Richtung schaute, wußten auch wir, wo wir hinblicken mußten.

Links neben der Tür hatte der Junge die nach vorn hin offene Kiste auf den Boden gestellt.

»Nein, das ist nicht möglich!« ächzte Baker. »Schauen Sie sich die Puppen an. Da ist keine mehr so, wie ich sie in Erinnerung habe. Alle sind zerstört . . .«

Er hatte recht.

Schon beim ersten Hinsehen erkannten wir das Durcheinander. Keine dieser monströsen Filmlegenden stand noch auf eigenen Beinen. Sie alle lagen auf dem Boden, mehr oder weniger zerstört oder zerhackt.

Sam Baker schüttelte den Kopf. »Meine Güte«, hauchte er, »damit hätte ich nie gerechnet. Das hätte ich unserem Sohn auch nicht zugetraut, wenn ich ehrlich bin.«

»Ihrem Sohn?« fragte ich leise und gedehnt.

»Ja, ihm.«

»Ehrlich gesagt, weiß ich nicht, ob es ihr Sohn gewesen ist, Mr. Baker.«

»Wer denn dann?« sagte Baker, und sein Gesicht war rot angelaufen.

»Das kann ich Ihnen nicht sagen, nicht mit Bestimmtheit, aber einen Verdacht habe ich schon.«

»Ich war es nicht. Das kann ich schwören. Und für meine Frau lege ich ebenfalls die Hand ins Feuer.«

»Das können Sie in diesem Fall auch, aber kommen wir mal auf einen anderen zu sprechen.« Ich zeigte auf eine bestimmte Puppe, die neben einem Sessel stand und eine Sense festhielt. »Das ist Necroman, nicht?«

»Ja, das ist er!« stieß Baker hervor.

»Hat er immer hier gestanden?« fragte Suko, der den gleichen Gedanken verfolgte wie ich.

Baker überlegte.

Er kaute dabei auf seiner Unterlippe. »Nein, wahrscheinlich nicht. Wenn mich nicht alles täuscht, hat er sonst in seinem Sessel gehockt.«

»Aha.«

»Was heißt das, Inspektor? Glauben Sie denn, daß er den Sessel verlassen und sich neben ihn gestellt hat? Nein, das auf keinen Fall, das hat mein Sohn getan.«

»Und er hat auch die Sense genommen und damit die anderen Puppen zerstückelt.«

»Kann doch sein.« Die Antwort klang nicht überzeugend.

Ich wies zu Boden. »Hier ist ein Blutfleck.«

»Was?«

»Ja, Mr. Baker, schauen Sie. Das ist Blut. Woher könnte es denn stammen?«

Er mußte sich räuspern. »Genau kann ich es natürlich nicht sagen, aber das hier ist das Zimmer meines Sohns.«

»Eben.«

»Dann muß er sich verletzt haben – oder?«

Ich hob die Schultern. »Oder verletzt worden sein«, sagte ich. »Man kann in diesem Fall nichts ausschließen.«

»Wer sollte das getan haben?«

Ich schaute ihn fast böse an. »Muß ich Ihnen darauf noch eine Antwort geben?«

»Nein.« Er schüttelte den Kopf. »Jetzt nicht mehr. Sie denken an den Necroman.«

»Genau.«

»Und jetzt?«

»Nehmen wir ihn mal unter die Lupe«, erklärte ich so locker wie möglich. »Wobei wir darauf gefaßt sein müssen, daß etwas Ungewöhnliches geschieht, Mr. Baker.«

»Ich weiß nicht ...«

Als ich auf die Kiste zuging, hörte ich noch Sukos Warnung. »Denk an die Sense, John.«

»Darauf kannst du dich verlassen.« Vor der Kistenöffnung ging ich in die Knie. Mein Gesicht befand sich zwar nicht in gleicher Höhe mit den Puppen, dennoch hatte mir diese Perspektive einen anderen Sichtwinkel gegeben, und ich konzentrierte mich dabei voll und ganz auf das von einer Kutte fast bedeckte Skelett mit dem Namen Necroman.

Ich erinnerte mich wieder an meine Vision und holte mir das Bild dieses gewaltigen Monstrums ins Gedächtnis zurück, damit ich es mit dieser Puppe hier vergleichen konnte.

Es gab den Unterschied nur in der Größe. Ansonsten waren die beiden identisch.

Ich konzentrierte mich auf das Gesicht. Oder auf das ehemalige, denn jetzt bestand der gesamte Kopf nur mehr aus gelblichem Gebein. Nicht ein Flecken Haut war noch zu sehen und nicht ein Haar. Die Knochen sahen aus wie poliert. Vergleichbar mit dem Metall der Sense, an der ich allerdings noch dunkle Flecken entdeckte.

Ich dachte sofort an die Blutspuren im Gewebe des Teppichs. Für mich stand fest, daß dieses Skelett zwar aussah wie eine Puppe, in Wirklichkeit aber weit mehr war. Ein lebendes Wesen, ein lebendiges, kleines Monstrum, das von irgendwelchen Kräften geleitet wurde und dabei möglicherweise einen unheimlichen Mordtrieb entwickelte.

Ich beugte mich noch tiefer, um diese Fratze genau anschauen zu können. Es war nicht zu erkennen, ob Leben darin steckte.

Das Gebein bewegte sich nicht. Wo das Gelb eine andere Farbe bekommen hatte, da war der Schatten der Kapuze darauf gefallen und hatte dunkle Flecken hinterlassen.

Leere Augen.

Eine leere Mundöffnung. Nichts, was sich darin bewegt hätte.

Keine gespaltene Schlangenzunge, kein fischähnliches Wesen, einfach nichts, nur die Leere und die Dunkelheit.

Der lange Griff der Sense bildete eine Diagonale vor dem Körper. Die Klinge überragte auch den Kopf der sitzenden Figur, aber sie zitterte nicht, und auch das Skelett bewegte sich nicht.

Ich dachte daran, mein Kreuz hervorzuholen. Das allerdings sparte ich mir noch auf. Ich wollte die Monsterpuppe zunächst anfassen und unter dem Stoff der Kutte die Knochen spüren.

Über die liegenden Puppen hinweg glitt meine Hand auf Necroman zu. Den Namen hatte er verdient, denn sein Aussehen hatte wirklich etwas mit dem Tod zu tun.

Die erste Berührung war völlig normal. Die Knochenpuppe bewegte sich nicht, im Gegensatz zu meiner Hand, deren Finger sich um die Gestalt schlossen.

Unter der Kutte spürte ich die Knochen. Sie waren dünn, hart, haut- und fleischlos, und ich konnte Necroman ohne weiteres aus dem Sessel heben, was ich auch tat.

Dabei stand ich selbst wieder auf, weil ich mich zu den anderen beiden umdrehen wollte.

»Zufrieden?« fragte ich und hielt die Hand mit dem Inhalt so, daß Suko und Sam Baker in das Knochengesicht hineinschauen konnten.

Sam schüttelte den Kopf. »Ich weiß nicht, Mr. Sinclair, aber es ist doch eine normale Puppe – oder?«

»Bis jetzt schon.«

»Was heißt das?«

»Daß ich nicht sicher bin, Mr. Baker. Sie sind davon überzeugt, daß *Ihr Sohn* die anderen Puppen zerstört hat. Ich dagegen traue Necroman einiges zu.«

»Aber er hält doch still.«

»Noch.«

»Willst du mit dem Kreuz einen Versuch starten, John?« fragte mich Suko.

»Ich weiß noch nicht.«

»Da gibt es noch die Peitsche.«

»Wäre auch eine Möglichkeit.«

Um diese beiden Dinge auszuprobieren, mußte ich Necroman nicht unbedingt in der Hand halten. Ich wollte ihn auf den Boden stellen und war schon dabei mich zu bücken, als es geschah.

Zum Glück spürte ich das Zucken zwischen meinen Fingern. Dann schlug Necroman zu!

Und plötzlich erschien die verdammte Sense so dicht vor meinem Gesicht, daß ich Angst bekam. Ich öffnete die Faust, Necroman fiel zu Boden, und im selben Augenblick spürte ich den Schmerz auf meiner Stirn. Er strahlte rasch über das ganze Gesicht.

Blut sickerte aus der Stirnwunde, aber darum kümmerte ich mich nicht, denn Necroman war jetzt wichtiger.

Noch vor kurzem hatte er ausgesehen wie ein Schläfer. Das hatte sich blitzschnell geändert, denn ich konnte mich nur wundern, wie schnell dieses Wesen über den Teppich und durch das Zimmer huschte und dabei auch mit seiner Sense zuschlug.

Es war auf der Suche nach einem Ziel.

Suko hatte sich mit einem Sprung außer Reichweite gebracht. Nicht so Sam Baker, der alles nicht fassen konnte und deshalb so überrascht worden war.

»Weg!« schrie ich ihm zu.

Meine Warnung erreichte ihn zu spät, denn Necroman befand sich bereits in seiner Nähe. Er hatte die Sense in die Höhe gehoben, er holte aus und schlug zu.

Das Metall wischte von oben nach unten. Es durchdrang den rechten Turnschuh des Mannes, als wäre überhaupt nichts vorhanden, und hakte sich im Fuß fest.

Baker war geschockt. Sein Kopf ruckte hoch. Der Mund öffnete sich. Noch löste sich kein Schrei, der würde folgen, das stand für mich fest. Er brüllte in dem Augenblick los, als Necroman seine Sense wieder aus dem Fuß hervorzog. Die Spitze hatte einen Schnitt oder ein Loch hinterlassen, und das füllte sich im nächsten Augenblick mit einer dicken, roten Flüssigkeit.

Wieder holte der Necroman aus.

Diesmal jedoch war ich schneller.

Mein Fußtritt erwischte ihn im Rücken. Die Wucht des Anpralls schleuderte ihn nach vorn. Er kippte, er fiel auf den Bauch, er rutschte weiter auf das Bett des Jungen zu, und ich war dabei, mein Kreuz hervorzuholen, als Suko gegen Sam Bakers Schreien anbrüllte.

»Nein, John, nicht!«

Ich hielt mich zurück und schaute ihn an.

Mein Freund hatte bereits reagiert und seine Dämonenpeitsche hervorgeholt. Einmal hatte er den Kreis geschlagen, und aus der Öffnung waren die drei Riemen hervorgerutscht.

Necroman schien magisch programmiert zu sein. Er drehte durch, nachdem er sich wieder aufgerappelt hatte. Jetzt stand er etwas schwankend auf seinen Skelettfüßen und hatte die Arme weit nach oben gerissen, damit er die Sense über seinen Kopf hinwegschwingen konnte.

Sie bildete dort einen Kreis, ähnlich wie die Rotorblätter bei einem Hubschrauber, aber die gefährliche Waffe war nicht in der Lage, ein Ziel zu finden, da wir uns zu weit von ihm entfernt befanden. Bei Baker und mir blieb das auch so, während sich Suko dem kleinen Monster näherte und dabei genau Maß nahm.

Ich kümmerte mich derweil um Sam Baker. Er war nicht mehr in der Lage, auf den eigenen Füßen zu stehen. So hockte er auf dem Boden, das rechte Bein angewinkelt, und seinen verletzten Fuß hielt er dabei mit beiden Händen umklammert. Sein Gesicht war durch die Tränen naß geworden, und auch jetzt weinte er noch.

Ich legte ihm die Hand auf die Schulter. Eine Geste, die ihn etwas beruhigen sollte.

Dann schaute ich auf Suko.

Wäre die Lage nicht so ernst gewesen, man hätte auch darüber lachen können. Irgendwo schien Necroman zu ahnen, was mit ihm passieren sollte, und er versuchte, sich auf seine Art und Weise zu wehren, denn er drehte seine Kreise, um Sukos Peitsche so rasch wie möglich zu entkommen und ihm keine Gelegenheit zu einem Treffer zu geben.

Das beste Versteck war abgeschirmt.

Wenn Necroman sich unter das Bett verkriechen wollte, mußte er an Suko vorbei, und das würde ihm kaum gelingen.

Mein Freund hielt die Peitsche in der rechten Hand. Die drei Riemen hingen herab, aber sie berührten den Teppich nicht, sondern wippten über dem Boden.

Necroman wieselte von einer Seite zur anderen. Ich wunderte mich darüber, wie schnell er auf seinen blanken Knochenfüßen war, und immer wieder schwang er dabei seine Sense, als wollte er sich damit irgendwelche Feinde vom Leib halten.

Mal sprang er vor, im nächsten Augenblick wieder zurück. So blieb die Distanz zu Suko fast gleich.

Mein Freund verfolgte die Bewegungen der Monsterpuppe sehr genau. Er blieb kalt, dann – urplötzlich – zuckte seine rechte Hand nach vorn.

Mit ihm die Peitsche!

Necroman versuchte, auszuweichen.

Er drehte sich zur Seite, riß noch die Sense als Schutz hoch, aber es war zu spät. Suko hatte verdammt genau gezielt, und es trafen die drei Riemen der Peitsche voll und auch fächerförmig, so daß Necroman zu Boden geschleudert wurde, sich dabei überrollte und es zunächst nicht schaffte, auf seine Knochenbeine zu gelangen.

Er war erledigt.

Am Boden lag jetzt eine Puppe, die mit Armen und Beinen zuckte, die sich aber auch in einem Stadium der Auflösung befand, denn die Kraft der drei Riemen hatte ausgereicht.

Unter dem Kuttenstoff zog sich die Haut zusammen, als hätte sie sich in Gummi verwandelt. Ich war näher an den Schauplatz des Geschehens herangetreten und hatte Sam Baker zurückgelassen, der leise vor sich hinwimmerte, wobei er zwischendurch noch fluchte, wahrscheinlich auch über seine eigene Unfähigkeit.

Ich kannte Necroman mit seinen leeren Augenhöhlen. Ich hatte aus kurzer Entfernung hineingeblickt, aber nichts anderes gesehen als nur die düstere Leere.

Das änderte sich.

Die Augenhöhlen waren nicht mehr leer. In ihnen verteilte sich der Rauch in grauen Spiralen, und für mich sah er aus, als würde er anfangen zu kochen.

Er drang aus den Höhlen hervor, breitete sich über

dem Gesicht aus, wo er die Form eines Pilzes annahm, der auf dem Gebein zu kleben schien, das seine Festigkeit verloren hatte. Es sah jetzt grieselig aus, auch so grau und anders. Das Skelett erinnerte mehr an eine Leiche, die schon lange im Grab gelegen hatte.

Erst jetzt kam mir durch den Schmerz in meinem eigenen Gesicht zu Bewußtsein, daß ich selbst verletzt worden war. Einen Spiegel sah ich nicht in der Nähe, aber ich ging zum Fenster und konnte mein Gesicht dort in der Scheibe sehen.

Auf der Stirn hatte die kleine Sense ihre Zeichen hinterlassen. Der dunklere Streifen malte sich deutlich von dem hellen Untergrund ab. Ich merkte auch die Schmerzen, die sich wie scharfe Bisse auf der Stirn verteilten. Mit dem Taschentuch reinigte ich die Umgebung der Wunde so gut wie möglich. Ein Pflaster würde reichen. Sicherlich konnte es mir Sam Baker besorgen, der ebenfalls verarztet werden mußte, denn ihn hatte es schlimmer erwischt als mich.

»Schau dir das an, John!« sagte Suko.

Ich stellte mich in seine Nähe und nickte. »Das ist Necroman gewesen, sage ich mal.«

»Richtig.«

Reste waren nur vorhanden. Knochenmehl, aber dunkel wie die Nacht.

Über den Resten schwebten noch einige dünne Rauchschleier, aber auch sie würden sich bald verflüchtigt haben.

»Die Peitsche hat es geschafft«, sagte ich leise. »Du weißt, was das bedeutet?«

»Sicher. Necroman war mit einer dunklen Kraft oder mit Schwarzer Magie ausgestattet.«

»Wer hat es getan?«

Suko hob die Schultern, sagte aber: »Hast du ihn nicht in vergrößerter Form gesehen, und haben wir nicht noch den Kessel mit der Asche im Wagen stehen?«

»Der kann für die Zukunft wichtig werden, denn ich glaube nicht, daß durch die Vernichtung der Puppe alles zerstört wurde.«

Der Inspektor hob die Schultern. »Ich weiß es nicht, würde aber gern selbst das erleben, was du durchgemacht hast. Nur so können wir ihn herlocken, denke ich mir.«

Ich überlegte nicht lange. »Ja, das wäre nicht schlecht. Zunächst einmal müssen wir uns um Sam Baker kümmern.«

»Auch, John, aber vergiß nicht Tim.« Sukos Gesicht zeigte Besorgnis. »Wenn ich an ihn denke, habe ich schon ein komisches Gefühl und ein seltsames Ziehen im Magen . . .«

Geister schienen Tim Baker zu verfolgen und ihn dabei zu umwehen. So jedenfalls hörten sich die Geräusche an. Aber es waren keine Geister, die da keuchten, sie stammten aus seinem eigenen Mund und waren eine Folge der immensen Anstrengung, denn der Junge fuhr so schnell wie möglich der Turnhalle entgegen.

Er kannte die Stadt. Jede Straße und Gasse war ihm bekannt. Ebenso wie die Schleichwege, über die er sein Ziel erreichen konnte. Die Welt um ihn herum huschte nur so vorbei. Sie war zu einem Film mit schnell ablaufenden Bildern geworden. Tim fuhr wie ein Automat. Er spürte nicht mal die Kälte, die in sein Gesicht und schließlich auch durch die Kleidung biß wie mit Säurezähnen. Er wußte auch, wann er schneller sein konnte und wann es geboten war, langsamer zu fahren.

Der kleine Park erschien in seinem Blickfeld. Im Sommer ein wunderschöner Ort der Erholung. Im Winter eher ein trauriger Platz, an dem sich die Seelen der Toten versammeln konnten, die keine Ruhe fanden. Aber er hatte es fast geschafft, denn jenseits des Parks lagen die Sportplätze und darin eingebunden auch die Turnhalle, in der Tony sicherlich schon wartete.

Tim hatte langsamer fahren und dann bremsen müssen. Der Weg in den Park war schmal und zudem noch von zwei versetzt stehenden Hürden gesichert. Der Zwischenraum war so eng, daß er sein Rad schieben mußte.

Tim Baker hörte sich keuchen. Es lag nicht nur allein an der Anstrengung seiner Fahrerei, etwas anderes saß ihm auch wie eine Peitsche im Nacken.

Die Angst vor Necroman.

Auch jetzt, wo er die Figur nicht sah, glaubte er noch, daß sie ihn nicht aus den Augen gelassen hatte und ihn heimlich verfolgte. Necroman sah ihn trotz der leeren Augenhöhlen. Er war ein böser Geist, er war überhaupt das Böse, und er lauerte überall. Sogar während der Fahrt hatte sich der Junge immer wieder umgeschaut, weil er stets mit einer Verfolgung rechnete, denn er traute diesem Monstrum einfach alles zu.

Es war nicht da. Er konnte durchatmen. Es gab sowieso nur wenige Menschen, die ihn gesehen hatten. An einem kalten Samstag im Winter wirkte Leyton immer wie ausgestorben. Da blieben die Menschen lieber in ihren Wohnungen und Häusern.

Er schwang sich wieder auf das Rad. Die kalte Welt begleitete ihn. Bäume ohne Blätter, kahl, wie abgefressen wirkend. Laub lag auf dem leicht bräunlichen Winterrasen. Viele Blätter waren mit einer dünnen

Eisschicht bedeckt und klebten zusammen. Der Boden war tief gefroren und knochenhart. Die drei Sportplätze standen leer und verlassen, auch der große, viereckige Kasten der Turnhalle sah verlassen aus. Vor dem Eingang standen zwei leere Fahnenmasten. Sie sahen aus wie bleiche Knochen.

Tim fuhr über einen schmalen Weg direkt auf den Eingang zu, wo auch die Ständer für die Räder angebracht worden waren. Das Rad seines Freundes stand schon dort. In seiner giftgrünen Farbe war es nicht zu übersehen.

Der Junge war froh, das Ziel erreicht zu haben Viel länger hätte er die Kälte auch nicht ausgehalten. Seine Hände waren schon so steif geworden, daß er sie kaum noch spürte. Seine Finger schienen in einer krallenartigen Haltung erstarrt zu sein.

Mit der Schulter drückte er die Glastür auf. Der Boden war glatt. Die großen, viereckigen Steinfliesen lagen dicht beisammen. Ihre Oberfläche schimmerte grau.

Zur Turnhalle gehörte noch ein Schwimmbad. Um es zu erreichen, hätte der Junge in den Keller gehen müssen. Den Weg nahm er nicht. Als er den offenen Treppenschacht passierte, erwischte ihn ein warmer Luftstoß, und er hörte auch die Stimmen der Badegäste.

Er ging durch einen Flur. An der linken Seite lagen die Türen, die zu den Umkleidekabinen und den Duschen führten. Dafür zeigte er kein Interesse. Er mußte bis zum Ende des Flures durchgehen, wo die eigentliche Turnhalle begann.

Die schwere Doppeltür ließ sich nur mühsam nach innen schieben. Tim hatte schon einen Blick durch die Glastür werfen können und seinen Freund Tony gesehen. Der spielte mit dem Ball. Er ließ ihn immer wieder aufticken und lief dabei im Kreis. Hin und wieder warf er ihn in Richtung Korb, um so seine Treffsicherheit zu verbessern. Tony war so in sein Spiel vertieft, daß er Tim zunächst nicht sah. Erst als er praktisch schon neben ihm stand, entdeckte Tony ihn, lachte und schleuderte den Ball weg. Dann drehte er sich um.

»Hi«, sagte Tim.

Tony schüttelte den Kopf. Er war größer als Tim und hatte sein schwarzes Haar im Nacken zu einem Zopf gebunden. Er trug eine schwarze Hose und ein hellrotes Hemd. An den Rändern des Ausschnitts hatte der Schweiß dunkle Flecken hinterlassen.

»Ach, kommst du auch noch mal.«

»Ja, aber ich . . .«

Tony grinste. Sein Mund war breit, die Lippen schmal. »Sag nichts, du hast dich mal wieder nicht lösen können.«

»Doch. Wäre ich sonst hier?«

»Ist schon okay.« Tony wischte mit dem Unterarm Schweiß von der Stirn. »Zieh dienen Anzug aus und mach mit.«

»Nein!«

Tony, der den Ball holen wollte, stoppte in der Bewegung. »Was hast du gesagt?«

»Ich mache nicht mit.«

Tims Freund krauste die Stirn. »Du willst mich doch nicht verarschen – oder?«

»Überhaupt nicht.«

»Aber du siehst so kaputt aus.«

»Das bin ich auch.«

»Was war denn los?«

»Ich habe Angst!« flüsterte Tim und schaute sich bei der Antwort vorsichtig um. »Ich habe einen verdammten Schiß, verstehst du das?«

»Nein. Wovor denn?«

»Es ist da was passiert, mit dem ich nicht zurechtkomme. Schau dir mein Knie an.« Er winkelte das rechte Bein an. Dort war der Stoff aufgerissen und die Wunde zu sehen.

Tony Kendall lachte leise. »Eine Verletzung.« Seine Stimme klang spöttisch. Er sagte dem anderen, was er davon hielt. »Wegen einem Kratzer willst du nicht trainieren?«

»Genau.«

»Wie hast du das denn gemacht?«

Tim schüttelte den Kopf. »Nicht ich, Tony. Die Wunde stammt von einer Sense.«

»Ha, ha!« Wieder lachte der Junge. »Von einer Sense. Du bist also in den Stall gegangen, hast dir so ein Ding geholt, um Gras zu mähen.«

»Quatsch!«

»Seit wann hast du denn eine Sense?«

»Nicht ich habe sie. Aber Necroman.«

»Wer ist das denn?« Tony trat einen Schritt zurück, als wäre ihm sein Freund plötzlich suspekt.

»Necroman ist eine Puppe.« Als Tony darauf nichts sagte, sprach Tim weiter. »Ich habe dir doch davon erzählt, daß ich mir die Puppen geholt habe.«

»Klar. Und du wolltest sie mir sogar mal zeigen. War aber wohl nichts damit.«

»Die wirst du auch nie zu sehen bekommen, Tony, weil es keine normalen Puppen sind.«

»Was sind sie dann?«

»Killer. Zumindest eine – Necroman.« Tim nickte hoch, um die Antwort zu bekräftigen.

Tony Kendall schloß den Mund. Er wartete, ging dann vor und legte seine linke Handfläche gegen Tims Stirn.

»He, was soll das?«

Tony grinste. »Ich will nur wissen, ob du Fieber hast. Nur einer mit Fieber kann so einen Scheiß reden. Puppen, die Killer sind. Bescheuert ist das! Das gibt es nur im Kino oder in irgendwelchen Romane. Aber doch nicht in Wirklichkeit.«

Tim schlug die Hand zur Seite. »Ich weiß, daß es in deinen Kopf nicht rein geht, aber die Wunde habe ich mir nicht selbst zugefügt. Die stammt von einer Sense.« Er deutete auf sein Knie. »Hast du gehört? Von einer Sense!«

»Bist du auf dem Acker gewesen?« erkundigte sich Tony spöttisch. »Mann, so einen Käse habe ich noch nie gehört. Wie hieß die komische Figur noch? Wie hast du gesagt?«

»Necroman.«

»Ach ja, stimmt. Hört sich an, als wäre das eine Comicfigur. So ein Schwachsinn! Necroman. – Eine Puppe, wie?« Er redete schnell. »Der Tod mit der Sense. Wirklich toll. Das habe ich alles schon mal gehört. Nur weiß ich nicht, ob ich den Scheiß glauben soll. Ich bin doch nicht blöde. Ich habe hierauf dich gewartet, weil ich mit dir trainieren wollte. Du bist zu spät angetanzt – okay, kann man verkraften. Aber daß du mir noch so einen Mist unter die Weste schieben willst, das ist unmöglich. Das verstehe, wer will, und verarschen lasse ich mich nicht. Außerdem glaube ich nicht, daß du mit deinem komischen Knie hier was reißen kannst. Ist nicht drin.«

Tim Baker hatte nichts gesagt. Aber mit ihm war eine Veränderung vorgegangen. Zwar stand er auf demselben Fleck, wirkte aber abwesend, und sein Blick war an Tony vorbei in eine seltsame Ferne gerichtet, als liefe dort ein Film ab.

Tony war nicht dumm.

Nach einer Weile war ihm der Zustand des Freundes aufgefallen. »He, hörst du mir überhaupt zu, Mann?«

Tim gab keine Antwort.

Dafür fing er an zu zittern.

Er stöhnte auch auf.

Sein Mund öffnete sich, er zwinkerte, schüttelte den Kopf, bewegte die Lippen, ohne daß er es allerdings schaffte, auch nur ein Wort hervorzubringen.

»Was hast du denn? Verdammt!«

»Dreh dich um, Tony! Dreh dich um!«

»Wieso?«

»Mach schon!«

Die leicht gekreischt gesprochene Antwort hatte die Alarmglocken bei Tony Kendall anschlagen lassen. Auf der Stelle drehte er sich. Er schaute jetzt dorthin, wo zuvor sein Freund hingestarrt hatte. Er sah die Wände, er sah den Boden, und er bekam mit, daß sich an den Wänden und auf dem Boden ein Schatten abzeichnete.

Gewaltig, die mehrfache Größe des Originals einnehmend.

Es war der Schatten einer Sense . . .

Ein leerer Rover parkte vor dem Haus. Kalt war die Umgebung und menschenleer. Niemand bewegte sich dort. Auch im Wagen hielten sich keine Menschen auf.

Aber leer war er nicht.

Auf dem Rücksitz stand ein Gegenstand. Er war aus Metall, bestand aus zwei Hälften, die an den Seiten Löcher aufwiesen, aus denen Rauch oder Qualm entweichen konnten.

Außen rührte sich nichts.

Anders in seinem Innern.

Der Inhalt veränderte sich. Der auf dem Grund des

Kessels liegende Staub erhielt eine andere Farbe. Er verlor das aschige Grau und nahm einen rötlichen Schimmer an. Hitze breitete sich aus, kroch unsichtbar durch die Öffnungen an den Seiten.

Sie war unsichtbar. Der Rauch allerdings nicht, der sich aus dem unteren Gefäß löste, dabei gegen die Wand drückte und ebenfalls freie Bahn bekam.

Er drang durch die Öffnungen, ein dunkler Nebel, der im Nu den gesamten Innenraum erfaßt hatte, als wollte er die darin stehenden Gegenstände auflösen.

Unruhig bewegte er sich hin und her. Er drückte von innen gegen die Scheibe. Er wurde stark und mächtig. Dabei verdichtete er sich, als stünde er unter einem gewaltigen Druck. Durch die anderen Kräfte kriegte er eine neue Form, und er füllte sich mit Kraft auf. Der innere Druck stieg um das Vielfache. Plötzlich war der Wagen zu einem Kessel geworden, der diesen neuen Kräften nichts mehr entgegensetzen konnte.

Das Blech hielt.

Nicht aber die Scheiben.

Auf einmal platzten sie weg. Als hätten gewaltige Schmiedehämmer von innen gegen sie geschlagen, waren sie plötzlich nicht mehr zu halten. Die Frontscheibe, die an den Seiten und auch das hintere Glas platzte auf, zerbröselte und rollte als Krümel über die Karosserie und weiter auf die Straße.

Der Rauch drang hervor. Er stieg auf zum grauen Himmel über der Stadt, wo er wie von unsichtbaren Händen empfangen wurde, die ihn zu einer neuen und aberwitzigen Figur formten.

Über den Dächern und unter dem Himmel entstand das Abbild des Schreckens.

Ein riesiger Necroman!

Suko hatte Sam Bakers Fuß so gut wie möglich verbunden. Er hatte ihm auch geraten, einen Arzt aufzusuchen; das wollte Baker später erledigen. Zuvor mußte er mit sich und seinen schrecklichen Erlebnissen zurechtkommen. Dabei hatte er in Suko einen guten Zuhörer, der nur wenig fragte, aber oft zustimmte.

Ich kehrte aus dem Bad zurück in die gemütliche Küche mit dem integrierten Eßzimmer. Meine Stirn zierte ein Pflaster. Ich hatte es im Schrank des Bads gefunden.

Susan Baker war von ihren Einkäufen noch nicht zurückgekehrt. So blieb es bei der reinen Männerrunde.

»Geht es noch weiter?« wandte sich Sam Baker an mich.

Seine Stimme hatte gepreßt geklungen.

Ich nickte. Platz nahm ich nicht, weil ich gleich wieder verschwinden wollte.

»Ich glaube nicht, daß mit der Vernichtung der Puppe alles beendet ist. Necroman ist einfach zu stark, das kann ich aus eigener Anschauung bestätigen.«

»Was kann denn noch alles passieren, Mr. Sinclair?«

»Das wissen wir nicht. Ich werde zunächst einmal zum Wagen gehen und den Kessel holen.«

»Kessel?«

»Er ist mit Asche gefüllt.«

»Aber was wollen Sie damit?«

»Mit einer bestimmten Asche«, erklärte Suko. Was er noch hinzufügte, hörte ich nicht, da befand ich mich bereits auf dem Weg nach draußen, und ich war nicht eben fröhlich. Meine Gedanken drehten sich um die nahe Zukunft. Einen Feind wie Necroman durfte man nicht unterschätzen, und mir gefiel es auch nicht, daß Tim Baker nicht in der Nähe war. So konnte er möglicherweise zu einer Beute für Necroman werden, auch dann noch, wenn es die Puppe nicht mehr gab.

Meine innere Unruhe sorgte dafür, daß ich meine Schritte beschleunigte. Ich zerrte die Haustür auf, trat ins Freie – und merkte, daß ich innerlich versteifte, wobei mein Herzschlag sich beschleunigte.

Mit einem Blick hatte ich gesehen, was mit dem Rover geschehen war. Nicht eine Scheibe befand sich mehr im Rahmen. In seiner unmittelbaren Nähe sah es aus, als hätte es gehagelt. Die Glaskrümel verteilten sich auf der Straße und dem Gehsteig. Die Scheiben selbst mußten mit ungeheurer Wucht zertrümmert worden sein. Von innen her.

Ich öffnete die Tür rechts hinten und kümmerte mich nicht um das Knirschen unter meinen Füßen. Der Kessel war wichtig. Nachdem ich ihn hervorgeholt hatte, stellte ich ihn für einen Moment auf das Autodach. Es war nicht einfach, die Aufregung in den Griff zu bekommen, aber ich mußte die Wahrheit herausfinden. Ich drehte die beiden Hälften auseinander. Es reichte ein Blick, um festzustellen, daß uns Necroman einen verdammt bösen Streich gespielt hatte.

Die Asche war verschwunden. Seine Asche hatte sich aus dem Staub gemacht, und ich konnte nicht eben behaupten, daß mir dies gefallen hätte.

Die Scheiben zertrümmert, die Asche war verschwunden. Wie hatte das möglich sein können?

Daß es einen Zusammenhang gab, stand für mich fest. Ich kannte nur nicht die genauen Gründe. Sie mußten mit der Asche zusammenhängen, und plötzlich konnte ich mir gut vorstellen, daß die Asche nicht mehr Asche war, sondern etwas anderes, über das ich lieber nicht nachdenken wollte. Es würde nichts bringen. Necroman war verschwunden. Wir mußten ihn so schnell wie möglich stellen.

Im Haus angekommen, sahen beide Männer meinem Gesicht an, daß etwas passiert sein mußte. Bevor sie mich fragen konnten, sprudelte es aus mir heraus, und noch während ich den Bericht abgab, stand Suko auf.

»Aber wo wollen Sie denn jetzt hin?« fragte Sam Baker.

»Wo finden wir Ihren Sohn?«

»In der Turnhalle, Inspektor.«

»Gut«, sagte Suko. »Beschreiben Sie uns bitte den Weg!«

Sam war so durcheinander, daß er die Worte kaum in die Reihe bekam.

Er redete hastig, er wischte sich auch einige Male über die Stirn, dann hatte er es endlich geschafft, uns den Weg so zu beschreiben, daß wir ihn finden konnten.

»Aber lassen Sie mich mitfahren – bitte! Tim ist schließlich mein Sohn.« Er sah verzweifelt aus. Wir wußten, was in ihm vorging, dennoch mußten wir ihm die Bitte abschlagen.

Es war wieder Suko, der den Kopf schüttelte.

»Es tut mir leid, Mr. Baker, aber das ist leider nicht möglich. Denken Sie an Ihren Fuß. Sie sind verletzt. Sie werden kaum auftreten können. Das bringt nichts.«

»Aber Tim ...«

»Wir werden unser Bestes tun. Das ist versprochen.«

»Gut, Sir, gut ...«

Suko verließ nach mir das Haus. Ich stand bereits am Rover und hatte inzwischen einige Glaskrümel von den Vordersitzen entfernt. Wir würden ohne Scheiben fahren müssen. Bisher war keinem Nachbarn der Zustand unseres Wagens aufgefallen. Niemand zeigte Interesse daran, Haus oder Wohnung zu verlassen.

Als Suko sich gesetzt hatte, lief bereits der Motor. »Hast du auch eine Theorie?« fragte er.

»Muß ich das?«

Suko schüttelte den Kopf. »Im Prinzip nicht. Ich denke, daß die Praxis schlimm genug sein wird ...«

»O Scheiße – was ist das?« flüsterte Tony, der den Schatten sah, aber nichts mit ihm anfangen konnte. Er sah nur das unheimliche und große Gebilde, aber seine Funktion konnte er sich nicht erklären, trotz der Abbildung der Sense.

»Das ist Necroman!« Tim zitterte plötzlich, obwohl er es nicht wollte. »Wie im Traum ...«

»Wieso?«

»Der aus meinen Träumen.«

»Was denn?« flüsterte Tony. »Du hast schon von ihm geträumt?«

»Ja, das habe ich.« Tim nickte. »Aber das nützt alles nichts.« Er packte seinen Freund an der Schulter. »Wir müssen so schnell wie möglich von hier weg!«

Tony war jemand, der sich nicht so leicht beeindrucken ließ. In diesem Fall gab er seinem Freund recht. »Wenn du das sagst, okay. Aber ich kann es nicht richtig fassen.«

Tim hörte gar nicht auf ihn. Er hatte seinen Freund losgelassen und drehte sich. Sein Blick glitt durch die Halle. Zum erstenmal nach dem Erscheinen dieses Schattens konnte er sie richtig überblicken – und wußte noch in derselben Sekunde, daß es verdammt schwer, wenn nicht unmöglich werden würde, diesem Monstrum zu entkommen.

Necroman hielt die Halle besetzt!

Er stand etwa in der Mitte. Von hier aus hatte er den besten Überblick. Die mächtige Sense hielt er mit beiden Händen fest umklammert, und er war auch jetzt wieder das Skelett, das eine weite Kutte trug, dessen Gebein aber nicht mehr gelblich schimmerte, sondern einen dunkelgrauen Schattenton angenommen hatte. Es war auch nicht nur zweidimensional zu sehen, denn es stemmte sich hoch und stand vor dem Jungen wie ein gewaltiger Berg, der jeden Augenblick auf sie niederzufallen drohte.

Ein Riese, ein Monstrum. Ein furchtbares, makabres Etwas, aber keine Projektion mehr, sondern so etwas wie ein fester Gegenstand. Auch Tony konnte es nicht fassen.

Er flüsterte mit krächzender Stimme: »Scheiße, der ist ja echt.«

»Und ob der echt ist!«

»Und jetzt?«

Tim wunderte sich darüber, daß er noch lachen konnte. Nur hörte es sich so anders an. »Nichts können wir machen!« erklärte er. »Gar nichts. Der Ausgang ist versperrt. Oder willst du versuchen, ihn aus dem Weg zu räumen?«

»Wie denn?«

»Eben.«

Die beiden schwiegen. Es bereitete ihnen beileibe keine Freude, aber die mächtige Gestalt zog ihre Blicke einfach an wie ein Magnet das Eisen. Sie war furchtbar. Ein nicht nur mörderisches Skelett, sondern ebenfalls mit einer tödlichen Sense bewaffnet, und sie war ebenfalls entsprechend gewachsen.

Tim dachte daran, daß ihm schon die kleine Sense eine Verletzung beigebracht hatte. Die große, die überdimensionale, würde ihn nicht verletzen, sondern töten!

Der Gedanke daran ließ die Angst in ihm hochsteigen. Zugleich mit ihr drang der Schweiß aus seinen Poren. Tim fing an zu zittern, er bewegte den Mund, ohne etwas zu sagen. Er suchte nach einer Fluchtchance, die so verdammt gering, wenn nicht unmöglich war.

Necroman hatte seine Sense so angehoben, daß sich ihr Blatt in einer Höhe mit den hochliegenden Fenstern befand. Ihr Glas war sehr stark, aber es ließ trotzdem das Außenlicht durch. Einige wie verloren wirkende Sonnenstrahlen spiegelten sich auf dem Metall und huschten als Reflex an der Decke entlang.

Das Knochengesicht im vorderen Ausschnitt der Kapuze sah einfach widerlich aus. Nicht ganz so gelb wie bei seiner Puppe. Es wirkte hier schmutziger, und er hatte den Eindruck, als hätte sich Staub auf dem Gebein abgesetzt.

Tony stieß ihn an und flüsterte dabei: »Wenn wir schnell laufen, kommen wir vielleicht an ihm vorbei.«

»Vielleicht . . .«

»Was willst du sonst tun?«

»Schleichen, Tony.«

Für einen Moment sah es so aus, als wollte Tony nicken. Dann schüttelte er so heftig den Kopf, daß sich Schweißtropfen von seinem feuchten Gesicht lösten und gegen Tims Gesicht spritzten. »Das halte ich nicht durch, ehrlich.« Seine Stimme hörte sich jammernd an, einen Moment später überschlug sie sich. »Scheiße! Das ist alles Mist!« Und dann rannte er los.

Tim Baker schrie seinem Freund noch etwas hinterher. Tony hörte nicht oder wollte nicht hören. Er bewegte sich so schnell wie möglich. Was er sich einmal in den Kopf gesetzt hatte, das führte er auch durch, und so jagte er in langen Sprüngen auf die Ausgangstür zu, und er wollte auch an der Seite des

Skeletts vorbei. Es sah so aus, als könnte er es schaffen. Sogar Tim bereitete sich auf eine Flucht vor, dann aber bewegte sich Necroman. Er hatte wirklich bis zu dem Augenblick gewartet, der ihm am besten erschien. Nicht nur er bewegte sich, auch seine verdammte Sense machte diesen Schwung mit, und es wurde für Tony Kendall zu einer mörderischen Bewegung.

Ob er die Sense hörte, wie sie die Luft zerschnitt, wußte er wohl nur selbst, aber er sah sie und duckte sich, ohne dabei zu stoppen. Auch den Kopf hielt er gesenkt, fast am Boden, aber das stählerne Blatt der Sense war schneller.

Es erwischte Tony wie die Forke eines Parkwächters das Herbstlaub, und ebenso wie das Laub hatte auch er nicht die Spur einer Chance, denn das Metall griff zu.

Es kratzte noch einmal über den Parkettboden der Halle, aber die Spitze des Halbmondes schaute bereits nach oben, und sie wurde noch einmal höher gezogen.

Die Waffe pflückte den Jungen mitten im Lauf weg.

Und Tim Baker schaute zu.

Er konnte es nicht begreifen. Es war zuviel für ihn. Er hörte sich schreien und hielt sich zugleich die Ohren zu. Aber er brachte es nicht fertig, die Augen zu schließen, die standen weit offen, und so mußte er entsetzt mit ansehen, wie sein Freund in die Höhe gerissen wurde. Das Blatt der Sense hatte ihn durchbohrt. Er war tot, zumindest schwer verletzt, und Necroman schwang seine Waffe weiter, unwillig, wie es schien.

Tony schrie nicht. Er bewegte sich auch nicht mehr. Die Arme und Beine zuckten nicht mehr. Und Tony blieb auch weiterhin auf der Sense stecken, als Necroman sie bewegte und dabei nach unten führte. Er tat es nicht einmal schnell, er ließ sich Zeit dabei, damit der junge Zeuge auch alles sah.

Wieder schrammte das Metall über den Boden und hinterließ dort eine Furche. Auch der Körper glitt über das Parkett hinweg, hinterließ aber auf seinem Weg einen roten Streifen.

Dann schüttelte Necroman die Sense, als wollte er sie nicht mehr haben, und Tony rutschte von der gekrümmten Spitze herab wie eine Puppe.

Ebenso blieb er auch liegen. Starr und mit verdrehten Gliedern, wobei noch das Blut aus der schrecklichen Wunde strömte und sich auf dem Parkett verteilte.

Tim Baker konnte nichts tun. Er konnte nicht mal sprechen oder schreien. Das erlebte Grauen hatte ihn einfach stumm gemacht. Dabei wunderte er sich noch über den Widerstand in seinem Rücken, denn er hatte nicht gemerkt, daß er bis an die Wand der Turnhalle zurückgegangen war.

Da stand er nun. Sein Freund lag in Sichtweite, beinahe unter dem Netz des Korbs. Er bewegte sich nicht. Er stöhnte nicht. Seine Augen waren starr, und nur das Blut deutete darauf hin, was mit ihm passiert war.

Für Necroman war die Sache erledigt. Er kümmerte sich um sein zweites Opfer, und dabei drehte er sich langsam um. Auch die Waffe sank wieder nach unten.

Tim wunderte sich überhaupt, daß er noch denken konnte. Ihm fiel die Geschichte vom Zauberlehrling ein, der so sein wollte wie sein Meister und sich dabei zuviel zugetraut hatte.

Ja, er war der Lehrling. Er hatte die mächtigen Kräfte erweckt und schaffte es nun nicht mehr, sie wieder loszuwerden. In dieser verfluchten Turnhalle hatten sie sich konzentriert. Nie hätte der Junge damit gerechnet, ein so großes Grab zu bekommen.

Die Sense sank.

Das Knochengesicht im Ausschnitt der Kapuze drehte sich dem Jungen zu. Da er den Kopf angehoben hatte, gelang ihm ein Blick in die Augen. Als Puppe hatte er sie immer als leer angesehen. Das schienen sie jetzt auch noch zu sein, aber er glaubte daran, daß sehr tief in diesen unheimlichen und finsteren Pupillenschächten etwas Schreckliches lauerte, das ihn mit in die Hölle reißen würde.

Die Sense hatte den Boden fast erreicht. Noch ein kurzes Stück, dann schleifte sie wieder darüber hinweg.

Dieses Geräusch war für Tim das akustische Signal zum Sterben.

Er hörte sich atmen.

Nein, das war schon ein Keuchen. Seine Brust hatte sich in ihrem Innern zusammengezogen. Jedes Luftholen tat ihm irgendwie weh.

In den Augen schimmerte die Feuchtigkeit. Noch nie zuvor hatte Tim Baker unter einer so schrecklichen Angst gelitten.

Necroman zögerte Tims Tod noch hinaus. Mit der Außenseite schleifte das Metall auch weiterhin über das Parkett und hinterließ dort seine Spuren. Die Spitze – leicht nach oben gebogen – näherte sich dem regungslos dastehenden Jungen. Wieder sah es für ihn aus, als sollte er einfach weggepflückt werden.

Tim wunderte sich darüber, daß er in der Lage war, sich zu bewegen. Etwas hatte sich in seinem Körper gelöst, und so ging er zurück, aber verfolgt von der Waffe.

Er sah nicht, daß hinter ihm mehrere Matten übereinander gestapelt lagen. Sie reichten ihm bis über die

Kniekehlen hinweg. Das Hindernis wurde ihm zu Verhängnis.

Zuerst stieß Tim dagegen. Dann hörte er sich selbst schreien, als er nach hinten kippte. Er landete weich, aber das war in seiner Lage unerheblich. Auf dem Rücken lag er wehrlos vor dieser verfluchten Kreatur, die alle Chancen hatte, ihn zu vernichten.

Necroman nahm sie auch wahr, denn er hob seine mörderische Waffe ruhig an.

Dann holte er aus.

Er würde schräg und zugleich von oben nach unten schlagen. Tim bekam alles wie zeitverzögert mit. Er war nicht in der Lage, seine Gefühle zu fassen. Die Todesangst war einfach furchtbar, aber irgendwie schaffte er es trotzdem, sich zur Seite zu rollen, so daß er den Rand des Mattenbergs erreichte.

Er bekam das Übergewicht und kippte nach unten.

Der Junge schlug hart auf.

Es war ihm egal. Die Sense jedenfalls traf ihn nicht. Das riesige Skelett hatte zugeschlagen, ihn aber nicht getroffen, denn die scharf geschliffene Seite war in den Mattenberg hineingefahren und hatte ihn aufgeschlitzt.

Tim konnte nicht mehr an sich halten.

Er schrie.

Dann raffte er sich auf.

Sein verletztes Bein spürte er nicht. Er rannte weg, schlug einen Bogen, um so rasch wie möglich den rettenden Ausgang zu erreichen, während sich Necroman drehte und abermals mit seiner verdammten Sense ausholte.

Diesmal sollte die Sense den Rücken treffen . . .

Wir hatten die Turnhalle erreicht, und wir wußten beide, daß die Zeit drängte. Es lag auf der Hand, denn einen mörderischen Vorgeschmack hatten wir bereits bekommen. Meiner Ansicht nach hatte Tim Baker selbst nicht gewußt, in welche Schwierigkeiten er sich durch den Kauf der Puppe bringen konnte. Daß sie mehr war als nur ein makabres Ausstellungsstück, denn in ihr lebte noch ein mörderischer Geist.

Glücklicherweise hatte die Turnhalle eine Zufahrt. An die zerstörten Scheiben dachten wir nicht. Wir hatten den kalten Wind hingenommen, der in unsere Haut hineinschnitt wie kleine Messer.

Zugleich hetzten Suko und ich auf die breite Eingangstür zu. Sie bestand aus zwei Hälften. Zwei breite Holzgriffe sorgten dafür, daß wir sie aufstoßen konnten. Augenblicke später fanden wir uns in einem rechteckigen Vorflur wieder.

Wir rochen die Nähe des Schwimmbades, zu dem eine Treppe hinunterführte. Dort wollten wir nicht hin.

Unser Ziel war die eigentliche Halle, in der Tim trainieren wollte.

Wir hörten die eigenen Schritte. An der grüngrau gestrichenen Wand zeichneten sich nicht nur die farbigen Schmierereien ab, sondern auch der Pfeil, der in Richtung Turnhalle wies.

Die schwere Tür bestand aus Holz. Suko zerrte sie auf. Sie stand kaum einen Spalt offen, als wir die Geräusche hörten und zugleich der Schatten eines gewaltigen Pendels an uns vorbeiglitt.

Wusch – wusch ...

»Die Sense!« keuchte ich, duckte mich und machte einen großen Schritt in die Halle hinein.

Ja, es war die Sense. Und sie wurde von einem so großen Skelett gehalten, daß mir dabei schon der

Schwarze Tod in den Sinn kam, der ähnlich ausgesehen hatte.

Die Schreie eines Jungen gellten uns entgegen. Er befand sich in einer furchtbaren Lage, aber wir sahen es als positiv an, daß er noch schreien konnte.

Die zum Halbmond gekrümmte Waffe fegte wieder nach unten. Für uns sah es so aus, als hätte der Junge keine Chance mehr.

Aber das Material traf nicht ihn, sondern erwischte eine dieser schweren Matten. Die Klinge fuhr in das Leder hinein, durchdrang die Füllung, traf an der anderen Seite wieder hervor, und dann riß es die Matte mit einer unwiderstehlichen Gewalt in die Höhe. Für die nächsten Sekunden hatte das die Sense somit untauglich gemacht.

»Kümmere du dich um den Jungen!« brüllte mir Suko ins Ohr.

Was er vorhatte, wußte ich nicht, aber ich konnte mich auf meinen Freund verlassen.

Deshalb startete ich und rannte auf Tim Baker zu. Ich sah den zweiten Jungen in seinem Blut liegen. Mich überkam ein wahnsinniger Haß auf Necroman, und ich fragte mich jetzt auch, wer von den beiden Tim Baker war.

Der lebende Junge lag auf dem Boden. Bäuchlings. Er wimmerte, und er hielt sein Gesicht dabei noch in den Armen vergraben. Er wollte nichts sehen, nichts hören, nichts wissen, aber er wußte, daß er dem Tod nicht entweichen konnte.

Beinahe wäre ich noch über die Matte gestolpert, soviel Schwung hatte ich mir selbst gegeben. Ich dachte in diesen Augenblicken nicht mehr an Suko oder an Necroman, ich wollte nur den Jungen retten und hoffte, daß Suko sich dem Unhold stellte.

Mit beiden Händen griff ich zu und zerrte ihn in die

Höhe. Er war so gut wie erwachsen, dementsprechend schwer, und der Schreck, den meine Berührung bei ihm ausgelöst hatte, ließ ihn schreien. Zum Glück wehrte er sich dabei nicht, so daß ich ihn schon halten konnte.

Ich drehte ihn.

Das war kein Gesicht mehr, in das ich schaute, das war nur noch eine Fratze der Angst. Seine eigenen schlimmen Gefühle hatten den Jungen erstarren lassen. Ich ging davon aus, daß er mich nicht mal zur Kenntnis nahm. Er konnte weder normal atmen noch reden, bei ihm traf der Vergleich mit dem Luftschnappen wirklich zu.

Ich zerrte ihn von den Matten weg. Gleichzeitig drehte ich den Kopf, um nach Suko und Necroman zu schauen.

Beide waren noch da. Und es war meinem Freund tatsächlich gelungen, das deckenhohe Monstrum abzulenken. Ich dachte daran, daß Necroman aus Staub entstanden war, so wie ich ihn jetzt sah, aber sein Körper bestand nicht wirklich nur aus Staub. Wie hätte er dann die verdammte Sense halten können?

Im Vergleich zu ihm sah Suko klein aus. Aber er war ein Kämpfer, er gab nicht auf, und er hielt bereits seinen Stab in der Hand. Noch wartete er ab, er hatte wirklich gute Nerven, denn das mächtige Skelett hatte die Sense schon hoch über seinen Kopf geschwungen.

In diesem Augenblick sagte Suko nur ein Wort. Und er rief es laut, auch Tim und ich bekamen es mit.

»Topar!«

Suko wußte genau, was er getan hatte. John Sinclair und Tim Baker würden für die Dauer von fünf Sekunden erstarren, denn so lange wurde die Zeit aufgehalten. Er aber konnte sich bewegen, und er hoffte nur, daß auch Necroman von dieser Kraft erwischt wurde und ebenfalls starr stand wie eine schaurige Plastik.

Trat es ein?

Suko fieberte innerlich. Bisher hatte der Stab nie versagt, aber Necroman war kein Mensch, auch kein körperlicher Dämon im eigentlichen Sinne, er war etwas ganz anderes, ein körperlich gewordener Geist, der nur noch als Geist existierte, weil der Puppenkörper zerstört worden war.

Geister sind anders.

Das erlebte Suko in diesen brandheißen fünf Sekunden, die ihm noch blieben.

Starr blieb Necroman nicht. Der Zauber hatte bei ihm für eine andere Reaktion gesorgt, denn seine Gestalt fing an zu zerfließen. Es ging alles blitzschnell. Es war nichts an ihm starr, und Suko erlebte in den fünf Sekunden, die ihm blieben, etwas völlig Neues.

Die Gestalt drängte sich zusammen. Sie wurde zu einem Fluß aus Staub oder Gas, wehte auf die Glaswand oben zu und löste sich auf, so daß eine Wolke entstand, für die es kein Hindernis mehr gab.

Necroman zog sich mitsamt seiner Waffe zurück. Er hatte innerhalb kürzester Zeit die Dimensionsgrenzen überwunden und war auf diese Art und Weise entkommen.

Zurück blieben zunächst ein fassungsloser Suko und jemand, der ebenfalls völlig von der Rolle war.

Das war ich!

Die fünf Sekunden waren vorbei. Ich konnte mich wieder bewegen. Es war wieder alles okay, die Realität hatte mich zurück, aber im Prinzip war nichts okay, abgesehen davon, daß ich das Leben des Jungen hatte retten können, der in meinen Armen hing, vor Angst mit den Zähnen klapperte und weinte.

»Okay, Tim, es ist okay. Du bist doch Tim, oder?«

Er nickte.

»Necroman ist weg!«

Tim hatte mich weder verstanden noch begriffen, was ich gesagt hatte, sonst hätte er bestimmt anders reagiert. Statt dessen blieb er neben mir stehen, drängte sich an mich und weinte.

Auch ich mußte mit den neuen und überraschenden Zuständen erst fertig werden. Ich war überrascht, Necroman nicht mehr zu sehen. Dafür aber hatte Suko die Initiative ergriffen. Er stand neben dem zweiten Jungen und sprach in sein Handy. In der Turnhalle war seine Stimme überdeutlich zu hören. Mein Freund telefonierte mit dem Notarzt. Die Tatsache wiederum machte mir klar, daß der andere Junge trotz der schweren Verletzung noch lebte.

»Und beeilen Sie sich!« rief Suko in den Hörer. »Es kommt wirklich auf jede Sekunde an!«

Er steckte sein Handy weg, drehte sich und schaute zu uns rüber. Er wußte, daß ich ihn etwas fragen würde, und ich enttäuschte ihn auch nicht. »Du hast ihn vernichtet?«

Suko starrte mich an und hob die Schultern. »Nein, John, das möchte ich nicht behaupten.«

»Wieso? Er ist nicht mehr da.«

»Richtig. Es kann sein, daß ich ihn vertrieben habe. Aber das bin nicht ich gewesen, sondern«, er hob die Schultern, »mein Stab.«

»Das verstehe ich nicht.«

»Wirst du gleich. Oder auch nicht. Spielt jetzt keine Rolle.« Er sprach in kurzen Sätzen. Dann hörte ich, was ihm oder was letztendlich uns allen widerfahren war, und ich war ebenso schlau wie mein Freund.

»Aufgelöst?« flüsterte ich.

»Ja.«

Ich nickte und hielt dabei mit einer Hand den Jungen fest. »Das bedeutet oder kann nur bedeuten, daß wir Necroman sicherlich noch einmal sehen werden.«

»Genau das befürchte ich auch, John ...«

Etwa eine Stunde später.

Die Turnhalle hatten wir verlassen. Der Notarzt hatte Tony Kendall noch in der Halle versorgt. Dem besorgten Gesicht des Arztes hatten wir angesehen, daß die Chancen für den Jungen nicht besonders gut standen. »Da müssen nicht nur unsere Künste helfen, sondern auch Gott«, hatte er gesagt.

Suko und ich hatten Tim Baker mit nach Hause genommen. Er war noch immer fertig, bekam Weinkrämpfe, aber es ging ihm besser, als er seine Eltern in die Arme schließen konnte. Susan Baker war mittlerweile zurückgekehrt. Ihr Mann hatte sie eingeweiht, und wir sahen eine blasse, blonde Frau vor uns, die sich in ihrem eigenen Haus wie eine Fremde vorkam und sich auch so bewegte. Sie ging immer hin und her, sprach mit sich selbst und sah so aus, als wäre sie auf der Suche nach einem Sitzplatz.

Zwar gehörte ich nicht unbedingt zu den Tabletten-Fans. In diesem Fall allerdings hielt ich es für besser, daß Tim Baker zwei Tabletten bekam, die ihn etwas ruhiger werden ließen, denn Suko und ich wollten mit ihm noch einiges besprechen. Er mußte uns Fragen beantworten, denn wir waren davon überzeugt, daß er mehr über Necroman wußte.

Tim lag auf der Couch des Wohnzimmers. Susan Baker hatte Kaffee gekocht. Die Brühe war heiß, schwarz und stark. Wir schlürften ihn, um uns nicht den Mund zu verbrennen.

Ich saß auf einem der höheren Eßzimmerstühle

neben der Couch und schaute in das blasse Gesicht des Jungen. Mein Lächeln sollte ihn aufheitern, aber ob es half, wußte ich nicht.

Tim hatte noch nicht gesprochen, und auch ich hatte mich zurückgehalten, um ihm zunächst einmal die Chance zu geben, sich einigermaßen zu erholen.

Seine Blicke durchforsteten mein Gesicht, und ich konnte ihm ansehen, daß ihn allmählich die Erinnerung überkam.

Plötzlich fragte er mit Flüsterstimme: »Sie haben mich da rausgeholt?«

»Ja.«

Tim Baker lächelte, obwohl ihm nicht danach zumute war. Es war vielleicht nur ein Zucken der Gesichtsmuskeln. »Und Necroman ist verschwunden?«

»Zum Glück.«

»Aber war da ...?«

»Ja ...«

»Was ist mit Tony?«

»Er liegt im Krankenhaus.«

Angst legte sich in die Augen des Jungen. »Aber er ist nicht tot – oder?«

»Nein, Tim. Man kümmert sich um ihn. Er schafft es.«

Der Junge wirkte erleichtert. »Das ist gut. Ja, das ist gut. Necroman ist auch weg. So habe ich ihn in meinen Träumen gesehen, Mister.«

»Ich auch«, gab ich zu. »Wir haben beide gewissermaßen das gleiche erlebt. Und ich kenne auch Mr. Lambert.«

»Ja?«

Tims Eltern hielten sich in der Nähe auf. Ich bekam mit, daß sie etwas sagen wollten, aber meine Handbewegung stoppte sie. Ich wollte mit Tim allein sprechen und ihn auch nicht durch andere Fragen von den wichtigen Dingen ablenken.

»Mr. Lambert hat dir die Puppen verkauft?«

»Sicher.«

»Und er hat dich nicht vor Necroman gewarnt?«

»Nein, Mister.«

»Du kannst ruhig John sagen.«

»Gut, John. Er hat mich nicht gewarnt. Er hat nur gesagt, daß er etwas Besonderes ist, was ich nicht merken würde. Aber ich habe das nicht richtig verstanden. Er wollte mir auch noch einen Kessel mitgeben. In ihm war Necromans Asche.«

»Oh, den kennen wir auch. Was hat Mr. Lambert denn zu dieser Asche gesagt? Hat er dir nicht erklärt, wo sie herkommt?«

»Doch, das schon. Er hat gesagt, daß es die Asche des echten Necroman ist. Es hat ihn mal gegeben, aber jemand muß ihn verbrannt haben. Das ist vor sehr langer Zeit geschehen. Dann hat ihn jemand als Puppe nachgemacht.«

»Das war aber nicht Mr. Lambert?«

»Nein, ein anderer Mann. Ich weiß aber nicht, wie er heißt. Er hat Mr. Lambert alles gegeben. Die Puppen und auch die Asche. Er muß ihm auch gesagt haben, daß Necromans Geist noch lebt, daß er immer auf der Suche ist, um wieder entstehen zu können. Als Wolke, als Geist, denn er kann keine Ruhe finden. Er soll mit seiner Sense das Tor zum Totenreich bewacht haben, und manchmal hat er seine Welt verlassen, um sich selbst die Menschen zu holen. Das war vor vielen, vielen Jahren. Noch bevor sie ihn in das Feuer lockten, wo er dann verging. Sie hätten die Asche verstreuen sollen, hat Mr. Lambert gesagt, aber sie haben es nicht getan. So konnte er wieder entstehen. Zuerst habe ich ihn im Traum gesehen, dann aber richtig.«

»Es stimmt«, bestätigte ich. »Necroman hat sich aus seiner eigenen Asche wieder aufgebaut. So ist es den Menschen damals nicht gelungen, ihn völlig zu vernichten. Er hat auf seine Chance gewartet, und er hat sie tatsächlich bekommen.«

Der Junge faßte nach meiner Hand. Seine Finger waren kalt. »Lebt er denn noch?«

»Damit müssen wir rechnen.«

»Aber er konnte mich nicht töten?«

»Nein, da waren wir besser. Und wir hoffen auch, immer besser zu sein als er.«

Tim hatte meine Worte begriffen. »Kann er denn zurückkommen, John? Wird er das tun?«

»Wir können es leider nicht ausschließen, Junge.«

Tim schloß die Augen.

Seine Lippen zuckten. Er sah aus, als wollte er anfangen zu weinen, aber er unterdrückte es. Ich ließ ihn in Ruhe und stand auf.

Auch Susan Baker hatte sich erhoben. Sie starrte mich an. Dabei schüttelte sie den Kopf. »Ich habe alles gehört, Mr. Sinclair, aber ich kann es nicht fassen. Glauben Sie das alles?«

»Sicher. Es hat diesen Necroman gegeben. Ich weiß nicht, ob wir ihn so stark geschwächt haben, daß er keine unmittelbare Bedrohung mehr darstellt, aber rechnen müssen wir damit. Ebenso mit seiner Rückkehr hier in dieses Haus.«

Meine Worte hatten die Frau geschockt. Sie schaute sich so hastig um, als hielte sich das knochige Ungeheuer bereits in der Nähe auf, aber das war nicht der Fall. Nur wenig erleichtert stellte sie die nächste Frage: »Glauben Sie denn daran?«

»Mein Freund und ich haben ihn erlebt. Als gewaltiges Monster. Und auch Ihr Mann hatte mit ihm Kontakt. Da allerdings war er noch eine Puppe, die wir vernichten konnten. Aber sie hat es geschafft, die Sense in seinen Fuß zu schlagen.«

»Ja, ja«, gab sie wie geistesabwesend zur Antwort. »Das habe ich ja gesehen.« Sie strich ihrem Mann über das Haar. »Aber was tun wir denn jetzt?«

»Am besten wäre es, wenn Sie das Haus verlassen«, schlug Suko vor.

»Nein, nein«, sagte sie schnell. »Das kann ich nicht. Das ist nicht möglich . . .«

»Dann bleiben Sie als Familie hier zusammen. Verlassen Sie den Raum nicht, sonst erhöhen sich die Chancen für Necroman. Er wird bestimmt wieder zuschlagen, aber wir wissen nicht, wann es geschieht.«

»In der Nacht?« fragte Sam.

Ich nickte. »Das kann gut ein. Deshalb werden wir auch hier Wache halten.«

Baker versuchte ein Lächeln. »Ja, das wäre wirklich zu wünschen. Wir würden sonst durchdrehen, glaube ich. Obwohl ich es selbst erlebt habe, kann ich es noch immer nicht begreifen.« Er starrte seinen verbundenen Fuß an und schüttelte den Kopf.

Suko schaute zuerst auf die Uhr und dann mich an. »Machen wir einen kleinen Rundgang?«

»Okay.«

Susan Baker hatte etwas dagegen. »Wo wollen Sie denn hin, bitte?« keuchte sie.

»Sie brauchen sich keine Sorgen zu machen, wenn wir das Haus verlassen, Mrs. Baker. Wir bleiben in der Nähe und sind praktisch für sie jeden Augenblick erreichbar. Klemmen Sie die Haustür fest, damit sie nicht zufällt.«

»So gut gefällt mir das nicht.«

»Keine Sorge.«

Im Zimmer blieben Vater und Sohn zurück. Susan Baker begleitete uns bis zur Tür. Sie selbst zog sie nicht auf, das übernahm ich. Susan klemmte hinter uns ein Stück Holz unter die Tür, damit sie nicht ins Schloß fallen konnte.

Im Vorgarten blieben wir stehen. Auf der Straße war es ruhig. Die Nachbarn hatten noch nichts mitbekommen, was auch gut war.

Es dämmerte bereits.

Hinter den Fenstern der Häuser brannten die Lichter. Dort, wo keine Gardinen den Blick verwehrten, konnten wir in die Wohnungen schauen. Viele Bewohner saßen vor der Glotze oder hatten sie zumindest an.

Der Himmel dunkelte allmählich ein. Die Sonne war als Kreis verschwunden. Dort, wo sie sich schlafen legte, zeigte der Himmel im Westen noch eine rötliche Farbe, die durch das Grau schimmerte, als läge dahinter die Hölle.

Die Kälte drückte. Der Atem wehte vor unseren Lippen. Es war ungewöhnlich still in dieser Siedlung. Die Menschen schienen sich bewußt zurückgezogen zu haben, als hätten sie das Unheil geahnt.

»Was meinst du?« fragte Suko. »Wird er kommen?«

»Ich weiß es nicht, aber ich wundere mich, daß du so verunsichert bist.«

»Ich habe ihn ja nur vertrieben.«

»Bist du sicher?«

»Was willst du hören, John?« fragte Suko und stöhnte dabei auf. »Ich kann dich schlecht anlügen und sagen, ich habe ihn vernichtet. Necroman ist ein Zwischenwesen, etwas, gegen das ich den Stab noch nie zuvor eingesetzt habe, deshalb hat er auch nicht so reagiert wie andere. Er löste sich zwar auf, aber große Hoffnung gibt mir das nicht. Ich sah ihn als Wolke verschwinden und kann mir deshalb auch vorstellen, daß wir seine Rückkehr ebenfalls als Wolke erleben.«

»Nicht übel.«

»Wie meinst du das?«

Ich hob die Schultern. »Solange sie sich nicht materialisiert und eine Wolke bleibt ...«

»Auch die kann gefährlich werden und einen Sog verursachen. Erinnere dich an den Todesnebel oder an Whisper, den Staubgeist ...«

Ich wurde abgelenkt, weil plötzlich die Straßenlaternen hell wurden. In der Kälte sah ihr Schein ebenfalls kalt aus. Auf dem Außenglas der Kugeln schimmerte das Eis als dünne Schicht.

Der Begriff Wolke wollte mir nicht aus dem Kopf. Deshalb beobachtete ich auch immer wieder den Himmel über dem Ort. Seine Schattierungen nahmen zu. Immer mehr verschwand das letzte Licht, als wäre es von irgendwelchen Krallen zurückgezogen worden.

Necroman blieb verschwunden.

Minuten vergingen. Allmählich wurde es kalt. Ich wollte auch nicht, daß meine Hände einfroren, und fragte Suko: »Lohnt es sich, noch einmal um das Haus zu gehen?«

»Ich denke nicht.«

»Gut, dann werden wir im Haus warten. Wenn es geht, an strategisch günstigen Stellen, an den Fenstern der verschiedenen Seiten. So kann sich unser Freund kaum ungesehen nähern.«

»Geht klar.«

Wir gingen zurück. Ich löste den Keil. Die Tür fiel langsam zu, und dabei fiel mir Sukos scharfes Atmen auf. »Hast du was?«

»Keine Ahnung, John, aber wenn ich ehrlich sein soll, ist es mir hier zu ruhig.«

»Wieso?«

»Man hört nichts. Keine Stimmen. Dabei sind die

Bakers doch zusammen. Ich kann mir keinen Grund dafür denken, daß sie sich nicht unterhalten sollten.«

»Necroman?«

Sukos Pupillen bekamen einen harten Glanz. »Das will ich nicht hoffen, obwohl man nie wissen kann.«

Jetzt hatte auch er mich mißtrauisch gemacht. Wir näherten uns langsam und möglichst geräuschlos dem Wohnzimmer.

Die Tür war nur angelehnt. Suko war schneller als ich, erzog die Tür auf, ging in den Raum hinein, und dann hörte ich, wie er nur mühsam einen Fluch unterdrückte.

Ich schob ihn zur Seite, betrat selbst den Raum und sah, was geschehen war.

Es gab die Bakers noch.

Aber sie bewegten sich nicht mehr. Starr lag Tim auf der Couch. Sein Vater saß unbeweglich im Sessel, und Susan, die Mutter, hatte den Platz eingenommen, auf dem ich zuvor gesessen hatte.

Susan Baker rührte sich ebenfalls nicht.

Was war passiert?

»Necroman«, flüsterte Suko. »Ich glaube, John, daß er schon längst hier ist . . .«

Von mir bekam er keinen Widerspruch. Das Verhalten der Familie war völlig unnatürlich. Erst bei genauer Konzentration konnten wir hören, daß sie auch atmeten und nicht tot waren.

Als Puppe hatten wir ihn erlebt, als Asche ebenfalls, aber als was präsentierte er sich uns jetzt?

Als Geist? Als ein unsichtbares Wesen, das sich so weit aufgeteilt hatte, um von drei Menschen Besitz ergreifen zu können? Das alles war möglich, aber uns fehlte der Beweis.

Sam Baker saß mir am nächsten. Ich trat zu ihm und berührte ihn. Etwas zu fest, denn beinahe wäre er durch diese Berührung vom Stuhl gefallen. Er kippte zur Seite, ich fing ihn ab, und sein Kopf zuckte nach hinten. Er blieb auf der Oberkante der Lehne liegen, wobei sein Mund offenstand.

Suko hörte ich hinter meinem Rücken hergehen. Er hatte die Mutter und den Sohn untersucht und war zu demselben Ergebnis gelangt wie ich auch. Seine Stimme klang nicht eben zufrieden, als er sagte: »Er muß die drei haben, John.«

Ich hatte mich gedreht. »Er oder sein Geist?«

»Okay, der Geist.«

»Keine Sense?«

Suko hob die Schultern. »Ich denke, daß du jetzt an der Reihe bist.«

Er brauchte mir nichts mehr zu sagen, denn ich war bereits damit beschäftigt, mein Kreuz hervorzuholen. Ich ging davon aus, daß Suko durch den Einsatz seines Stabs dieses verfluchte Monstrum geschwächt hatte. Möglicherweise war es so schwach geworden, daß es sich nicht mehr in der alten Form materialisieren konnte, die Bakers aber nicht aufgeben wollte und nun versuchte, ein Teil von ihnen zu werden.

Es gab ihn nicht mehr als Puppe. Ein Teil der Kraft war ihm genommen worden. Möglicherweise suchte er einen Gastkörper und hatte sich drei ausgesucht.

Seine Kraft verteilt auf drei.

Ich dachte nicht mehr weiter, da ich handeln mußte. Und so legte ich das Kreuz auf Sam Bakers Stirn.

Er zuckte zusammen. Dann schrie er auf. Sein Körper wand sich, als bekäme er Schläge, aber ich kümmerte mich nicht mehr um ihn, denn ich war bereits bei seiner Frau.

Auch sie bekam den Kontakt mit dem Kreuz.

Der Schrei aus ihrem Mund war gellend. Etwas fauchte an meinem Gesicht hoch, da aber hatte ich mich bereits umgedreht, weil Tim an der Reihe war. Er lag noch ruhig und in einer günstigen Lage. Suko war zurückgewichen, um mir freie Bahn zu schaffen, aber er hatte bereits seine Peitsche gezogen und einmal den Kreis geschlagen, damit die drei Riemen herausrutschen konnten.

Die Körper der Bakers zuckten. In ihnen fand der Kampf statt, aber wir hörten auch die anderen Geräusche. Ein unheimlich klingendes Zischen und Heulen, als wäre ein plötzlicher Windstoß in das Haus hineingefahren, der alles durcheinanderwirbelte.

Die Lampe an der Decke begann zu schwingen, als sie ein Schatten kreisförmig umraste. Der Schatten sah aus wie eine zuckende Schlange, die sich immer mehr verdichtete und plötzlich in einer Wolke auseinanderraste. Nein, es war *keine* Wolke.

Es waren drei Teile, die sich im Zimmer verteilten. Unter der Decke, in den Ecken.

Ein geteiltes Skelett aus Rauch.

Ein Kopf, ein Stück Oberkörper und ein Teil der verdammten Sense. Als nächstes sahen wir den Rest des Körpers, und als drittes Teil wurden uns die Beine präsentiert. Die Kutte war nicht mehr vorhanden, und das Gebein hatte seine gelbe Farbe verloren, es sah jetzt so grau aus wie Regenwolken.

Ruhig blieben die drei Teile nicht. Sie gerieten in einen Wirbel hinein und rasten von verschiedenen Seiten aufeinander zu, als wollten sie sich gegenseitig zerstören.

Diese Hoffnung erfüllte sich für uns nicht. Es gab keine Zerstörung, sondern einen Aufbau.

Aus drei mach eins.

So war es auch hier, denn plötzlich hatten wir einen

neuen Gast bekommen. Den mörderischen Geist Necromans, der wiederum mit seiner Sense bewaffnet war ...

Ob sie echt oder unecht war, durfte uns nicht interessieren. Wir konnten darüber nicht länger nachdenken, denn auch für uns konnte sie zu einer tödlichen Waffe werden. Necroman reichte vom Boden bis zur Decke, wobei er sich noch hatte bücken müssen. Sein Totenschädel sah aus, als hätte er zu lange in einer staubigen Umgebung gelegen, nur die Augen glichen nach wie vor schwarzen Löchern.

Plötzlich raste die Sense nach vorn. Ohne Vorwarnung schwang sie auf uns zu. Sie war wie ein tödliches, gewaltiges und schnelles Pendel, das mich aufzuschlitzen drohte, weil ich am günstigsten stand. Auf dem Weg zur mir sah ich auch die Veränderung, denn die Sense bekam eine normale Festigkeit, und das schimmernde Blatt hätte mich aufgespießt.

Ich wich aus.

Das Blatt verfehlte. Es wollte wieder in die Höhe zischen, aber der Tisch war ihm im Weg. Von unten her hackte die Spitze in das Holz hinein und wuchtete den Tisch hoch.

Da schlug Suko zu.

Er war blitzschnell auf das Skelett zugeeilt und hatte auf dem Weg dorthin bereits mit seiner Peitsche ausgeholt.

Die schlug er in die Gestalt hinein, dabei wohl wissend, daß sie mehr feinstofflich war, aber die Peitsche war ebenfalls ein magischer Gegenstand.

Drei Riemen trafen. Sie konnten den Necroman nicht verfehlen. Und sie glühten auf, als sie mit diesem anderen Geist in Berührung kamen. Für einen

Moment überkam auch mich die Angst, daß sie zu Asche wurden, aber dieses Glühen sprang über auf Necroman, und plötzlich sahen wir im Zimmer einen brennenden Geist.

Rote, gelbe und auch giftgrüne Flammen umtanzten das Monstrum und fraßen sich von Sekunde zu Sekunde tiefer. Selbst die verdammte Sense blieb nicht verschont, aber sie verkohlte zu Asche, während die Gestalt verging. Wir hatten sie bereits zu sehr geschwächt.

Zum einen durch die Vernichtung der Puppe. Zum anderen in der Halle, als Suko seinen Stab eingesetzt hatte.

Danach hatte ich mit meinem Kreuz die drei Unschuldigen von diesem verdammten Erbe befreit, und nun hatte ihm die Peitsche den Rest gegeben.

Aus welcher Zeit und aus welcher Welt dieser Necroman auch immer entstanden war, die etappenweise Schwächung hatte ihn endgültig vernichtet, denn weder Suko noch ich brauchten unsere Waffen ein weiteres Mal einzusetzen.

Der Geist verbrannte im Zimmer. Über dem Boden schwebend, und ein ätzender Qualm drang uns entgegen. Das kalte Feuer der Magie zerstörte Necroman, dessen Knochengebilde immer kleiner wurde und intervallweise zersprühte.

Auch die Flammen nahmen ab.

Zurück blieb – nichts!

Nur die Erinnerung an einen mörderischen Spuk, der für einen Mann namens Lambert tödlich ausgegangen war, für Tony Kendall hoffentlich nicht und für die Familie Baker hoffentlich nur eine Episode bleiben würde, an die die Erinnerung rasch verblaßte.

Es blieb doch etwas zurück.

Die Sense.

Angekohlt worden war der lange Griff. Auf dem Metall war nichts mehr zu sehen, nicht mal die roten Blutreste ...

Wir waren noch Stunden bei den Bakers geblieben, die darauf hofften, daß ihnen der Verbund der Familie genügend Kraft geben würde, um die Dinge so rasch wie möglich zu vergessen.

Zwischendurch hatte ich im Krankenhaus angerufen und erfahren, daß Tony Kendall trotz seiner tiefen Wunde gerettet worden war. Zwar ging es ihm noch schlecht, aber die Chancen standen jetzt besser.

Die Puppen wollte Tim Baker nicht mehr haben. Er bat uns, sie mitzunehmen und auf die Müllkippe zu werfen. Das gleiche sollte auch mit der Sense geschehen, denn kein Baker wollte sie als Erinnerung an Necroman im Haus wissen.

Ich versprach, alles in die Wege zu leiten.

Mit dem fensterlosen Wagen konnten wir nicht mehr zurück nach London. So entschieden wir uns kurz nach Mitternacht dafür, ein Taxi zu rufen.

Zurück blieben die Bakers, die allesamt verdammt viel Glück gehabt hatten.

Aber das gehört auch zum Leben ...

ENDE